T R A N Z L A T Y

Language is for everyone

A nyelv mindenkié

The Call of Cthulhu

Cthulhu hívása

H.P. Lovecraft

English
Magyar

Copyright © 2026 Tranzlaty
All rights reserved
Published by Tranzlaty
ISBN: 978-1-80572-499-5
The Call of Cthulhu
H.P. Lovecraft (1926)
www.tranzlaty.com

www.tranzlaty.com

The Horror Made of Clay
Az agyagból készült horror

There is one thing I find particularly merciful.
Van egy dolog, amit különösen irgalmasnak találok.
The inability of the human mind to correlate events.
Az emberi elme képtelensége az események összefüggéseinek felderítésére.
It's a blessing that we can't understand the world.
Az egy áldás, hogy nem érthetjük a világot.
We live blissfully on a placid island of ignorance.
Boldogan élünk a tudatlanság békés szigetén.
An island in the midst of black seas of infinity.
Egy sziget a végtelen fekete tengerének közepén.
And it was not meant that we should voyage far.
És nem az volt a terv, hogy messzire utazzunk.
The sciences each strain in their own directions.
A tudományok mind a saját irányukba igyekszenek.
But hitherto science's findings have harmed us little.
De a tudomány eddigi eredményei keveset ártottak nekünk.
But some day dissociated knowledge will be pieced together.
De egy napon a szétválasztott tudás összeáll majd.
Terrifying vistas of reality will open up to us.
A valóság rémisztő távlatai tárulnak fel előttünk.
And we will be left in a frightful vantage point.
És egy ijesztő előnyben fogunk találni minket.
We will either go mad from the revelation we are given.
Vagy megőrülünk a kapott kinyilatkoztatástól.
Or we will flee from the deadly light that we will see.
Vagy elmenekülünk a halálos fény elől, amit látni fogunk.
We will run from the knowledge we had always pursued.
Elfutunk a tudás elől, amelyet mindig is hajszoltunk.
And we will seek the peace and safety of a new dark age.
És egy új, sötét kor békéjét és biztonságát fogjuk keresni.
Theosophists have guessed at the scale of the cosmos.
A teozófusok találgattak a kozmosz méreteivel kapcsolatban.

Our world is but a transient incident in this cycle.
A világunk csupán egy múló esemény ebben a ciklusban.
The human race plays but a little role in the universe.
Az emberi fajnak csupán kis szerepe van a világegyetemben.
The theosophists have hinted at strange methods of survival.
A teozófusok utaltak a túlélés különös módszereire.
But their suggestions would freeze a rational man's blood.
De a javaslataik megfagyasztanák egy értelmes ember vérét.
Only the optimism of their ideas hides the horror.
Csak az elképzeléseik optimizmusa rejti el a borzalmat.
But it is not their ideas that chill me the most.
De nem az ő ötleteik azok, amik a legjobban megráznak.
It is something else that fills me with terror.
Valami más az, ami rémülettel tölt el.
The single glimpse of forbidden eons I have seen.
A tiltott korszakok egyetlen pillantása, amit láttam.
When I think of what I saw my blood stands still.
Amikor arra gondolok, amit láttam, megáll bennem a vér.
Restlessness plagues my dreams since that glimpse.
A nyugtalanság gyötri az álmaimat azóta a pillantás óta.
It came to me like all dreaded glimpses of truth.
Úgy ért, mint az igazság minden rettegett fénye.
An accidental piecing together of separated things.
Különálló dolgok véletlen összeillesztése.
An old newspaper item and the notes of a dead professor.
Egy régi újságcikk és egy halott professzor jegyzetei.
In a flash everything was pieced together before me.
Egy szempillantás alatt minden összeállt előttem.
I hope no one else will accomplish this terrible insight.
Remélem, senki más nem fogja ezt a szörnyű felismerést
megvalósítani.
Certainly, if I live, I shall never help anyone to know it.
Bizony, ha élek, soha senkinek sem fogom tudni ezt.
I shall never knowingly supply a link in so hideous a chain.
Soha nem adok szándékosan egyetlen szemet sem egy ilyen
förtelmes láncban.
I think that the professor, too, intended to keep silent.

Azt hiszem, a professzor is hallgatni akart.

He didn't mean to share the secrets that he knew.

Nem állt szándékában megosztani azokat a titkokat, amiket tudott.

And I'm sure he would have destroyed his notes.

És biztos vagyok benne, hogy megsemmisítette volna a jegyzeteit.

If he had not been seized by sudden and suspicious death.

Ha nem ragadta volna el a hirtelen és gyanús halál.

***

My knowledge of the thing began in the winter of 1926-27.

A dologról való ismereteim 1926-27 telén kezdődtek.

My great-uncle was the professor George Gammell Angell.

A nagybátyám George Gammell Angell professzor volt.

He was the Professor Emeritus of Semitic languages.

A sémi nyelvek emeritus professzora volt.

He lectured in Brown University, Providence, Rhode Island.

Előadásokat tartott a Rhode Island-i Providence-i Brown Egyetemen.

His death, at the age of ninety-two, triggered the event.

Halála, kilencvenkét éves korában, indította el az eseményt.

He was widely known as an authority on ancient inscriptions.

Széles körben ismert volt az ősi feliratok szakértőjeként.

Heads of prominent museums came to him for his expertise.

Neves múzeumok vezetői keresték meg a szakértelmét.

So his death was noticed by many within academic circles.

Így halálára sokan felfigyeltek a tudományos körökben.

Interest was intensified by the obscurity of his death.

Halálának homálya fokozta az érdeklődést.

It occurred as he was disembarking from the Newport boat.

Akkor történt, amikor leszállt a newporti hajóról.

Witnesses say a dark nautical-looking fellow had jostled him.

A szemtanúk szerint egy sötét, tengerészszerű kinézetű fickó
lökte meg.
After being stricken, he fell suddenly, witnesses say.
Miután megütötte, hirtelen elesett – mondják a szemtanúk.
Physicians were unable to find any visible disorder.
Az orvosok nem találtak látható rendellenességet.
After some perplexed debate they reached their conclusion.
Némi zavaros vita után eljutottak a következtetéshez.
"It must have been a lesion of the heart," they agreed.
„Biztosan a szív sérülése volt" – értettek egyet.
"After all, he was rather an elderly man," they added.
„Végül is, meglehetősen idős ember volt" – tették hozzá.
"the brisk ascent of the steep hill caused his end."
„a meredek domb gyors emelkedője okozta a végét."
At the time I saw no reason to dissent from this dictum.
Akkoriban nem láttam okot arra, hogy ellentmondjak ennek a
kijelentésnek.
But latterly I am inclined to wonder about their conclusion.
De az utóbbi időben hajlamos vagyok megkérdőjelezni a
következtetésüket.
And I do more than just wonder if they were right.
És nem csak azon tűnődöm, hogy igazuk volt-e.

***

My grand-uncle died alone as a childless widower.
A nagybátyám gyermektelen özvegyemberként halt meg,
egyedül.
And so I became heir and executor to his possessions.
Így lettem én vagyonának örököse és végrendeleti
végrehajtója.
So I was expected to go over his papers and writings.
Így hát elvárták tőlem, hogy átnézzem a papírjait és írásait.
I moved his entire set of files and boxes to my Boston home.
Átköltöztettem az összes dossziéját és dobozát a bostoni
otthonomba.
Much of the materials I collected will later be published.

Az összegyűjtött anyagok nagy részét később publikálni
fogom.
Many academics in his field took great interest in his work.
Számos, a szakterületén dolgozó akadémikus nagy
érdeklődést mutatott munkássága iránt.
The American archeological society relied on him greatly.
Az amerikai régészeti társaság nagyban támaszkodott rá.
But there was one box which I found exceedingly puzzling.
De volt egy doboz, amit rendkívül rejtélyesnek találtam.
I felt much averse from showing these files to other eyes.
Nagyon idegenkedtem attól, hogy ezeket a fájlokat másoknak
megmutassam.
The box had been locked, unlike the other boxes.
A dobozt – a többi dobozzal ellentétben – bezárták.
And initially I found no key that would open this box.
És eleinte nem találtam kulcsot, amivel kinyithattam volna ezt
a dobozt.
But then the location of the key occurred to me.
De aztán eszembe jutott a kulcs helye.
The professor always carried a keyring in his pocket.
A professzor mindig kulcstartót hordott a zsebében.
It was indeed one of these keys that opened the box.
Valóban ezek közül a kulcsok közül az egyik nyitotta ki a
dobozt.
But in the box was a still more closely locked barrier.
De a dobozban egy még szorosabban lezárt akadály volt.
What could be the meaning of the queer bas-relief?
Mi lehet a furcsa dombormű jelentése?
Various paper cuttings accompanied the bas-relief.
A domborművet különféle papírkivágások kísérték.
What did the disjointed jottings and ramblings allude to?
Mire utaltak a szétszórt jegyzetek és zagyvaságok?
Had my uncle become credulous to superficial impostures?
Vajon a nagybátyám hiszékeny lett a felszínes szélhámosokkal
szemben?
Perhaps in his later years his criticalness thought slowed.
Talán idősebb korában a kritikus gondolkodás lelassult.

Someone had disturbed this old man's peace of mind.
Valaki megzavarta ennek az öregembernek a lelki békéjét.
And so I resolved to locate the eccentric sculptor.
Így hát elhatároztam, hogy megkeresem az excentrikus szobrászt.
The man who set in motion my uncle's strange obsession.
A férfi, aki elindította a nagybátyám furcsa megszállottságát.

***

The bas-relief was roughly shaped like a rectangle.
A dombormű nagyjából téglalap alakú volt.
The rectangular shape was less than an inch thick.
A téglalap alakú forma kevesebb mint egy hüvelyk vastag volt.
And the bas-relief was about five by six inches in area.
A dombormű körülbelül 12 x 15 centiméteres volt.
It was obvious that the bas-relief was of modern origin.
Nyilvánvaló volt, hogy a dombormű modern eredetű.
The designs, however, were far from modern in atmosphere.
A tervek azonban korántsem voltak modern hangulatúak.
The inscriptions suggested a far older civilization.
A feliratok egy sokkal régebbi civilizációra utaltak.
The vagaries of cubism and futurism were many and wild.
A kubizmus és a futurizmus szeszélyei sokrétűek és vadak voltak.
But normally such patterns fail to produce regularity.
De az ilyen minták általában nem eredményeznek szabályosságot.
The cryptic regularity which lurks in prehistoric writing.
A rejtélyes szabályosság, amely az őskori írásokban lappang.
This regularity was certainly present in the bas-relief.
Ez a szabályosság minden bizonnyal jelen volt a domborműben.
I was certain the inscriptions represented a writing system.
Biztos voltam benne, hogy a feliratok egy írásrendszert képviselnek.

I had some familiarity with the papers of my uncle.
Volt némi ismeretségem a nagybátyám irataival.
And I had looked through all of his collections and works.
És átnéztem az összes gyűjteményét és művét.
But I failed to find any writing that was similar.
De nem találtam ehhez hasonló írást.
I could not geographically place this alphabet in any way.
Földrajzilag semmilyen módon nem tudtam elhelyezni ezt az
ábécét.
Nor could I guess from what time this writing came from.
Azt sem tudtam kitalálni, hogy ez az írás mikorról származik.
Above these apparent hieroglyphics there was a figure.
E látszólagos hieroglifák felett egy alak állt.
The figure was evidently only of pictorial intent.
Az alak nyilvánvalóan csak képi célokat szolgált.
The impressionism of the picture added to the mystery.
A kép impresszionizmusa fokozta a rejtélyt.
No clear idea of the creature's nature could be discerned.
A teremtmény természetéről nem lehetett világos képet
alkotni.
The creature seemed to be a monster, of some sort.
A teremtmény valamiféle szörnyetegnek tűnt.
Or the symbol represented a monster, of some sort.
Vagy a szimbólum valamilyen szörnyeteget jelképezett.
Only a diseased mind could conceive of such a form.
Csak egy beteg elme képes elképzelni egy ilyen formát.
My imagination yielded different pictures simultaneously.
A képzeletem egyszerre különböző képeket hozott létre.
But my imagination may also be somewhat extravagant.
De a képzeletem talán némileg túlzásba is lendül.
An octopus, a dragon, and also a human caricature.
Egy polip, egy sárkány, és egy emberi karikatúra is.
I shall try not be unfaithful to the spirit of the thing.
Igyekszem nem hűtlen lenni a dolog szelleméhez.
A pulpy, tentacled head surmounted a scaly body.
Egy pépes, csápokkal borított fej terült el egy pikkelyes test
felett.

Rudimentary wings protruded from the grotesque shape.

Kezdetleges szárnyak álltak ki a groteszk alakból.

But the shape of the monster wasn't even the worst part.

De a szörny alakja nem is volt a legrosszabb.

The background of the picture was even more frightening.

A kép háttere még ijesztőbb volt.

The scenery had a vague suggestion of another civilization.

A táj homályosan egy másik civilizációra utalt.

Cyclopean architecture from a forgotten part of the world.

Ciklopsz építészet a világ egy elfeledett szegletéből.

***

Only some notes and press cuttings accompanied the oddity.

Csupán néhány jegyzet és sajtókivágás kísérte a furcsaságot.

The press cuttings seemed to be only vaguely related.

A sajtókivágások csak homályosan kapcsolódtak egymáshoz.

The hand written notes were all from my uncle.

A kézzel írott üzenetek mind a nagybátyámtól származtak.

But his notes made no pretense to any literary style.

De a jegyzetei semmilyen irodalmi stílust nem képviseltek.

There was no ordering mechanism to any of the papers.

Egyik újsághoz sem volt rendelő mechanizmus.

Although there seemed to be a master document to the notes.

Bár úgy tűnt, hogy a jegyzetekhez tartozik egy törzsdokumentum.

This document was ascribed to the cult of Cthulhu

Ezt a dokumentumot Cthulhu kultuszához tulajdonították

The word's letters had been painstakingly written out.

A szó betűit aprólékosan leírták.

There should be no erroneous reading of the unheard of word.

hallatlan szót nem szabad tévesen olvasni .

This Cthulhu manuscript was divided into two sections;

Ez a Cthulhu-kézirat két részre oszlott;

The first manuscript was titled the following:

Az első kézirat címe a következő volt:
"1925 - Dream and Dream Work of H. A. Wilcox"
"1925 - HA Wilcox álma és álommunkája"
"7 Thomas St., Providence, Road Island"
„7 Thomas utca, Providence, Road Island"
And the second manuscript was titled the following:
A második kézirat címe pedig a következő volt:
"Narrative of Inspector John R. Legrasse"
Legrasse felügyelő elbeszélése "
"121 Bienville St., New Orleans, 1908 Meetings."
„121 Bienville St., New Orleans, 1908-as találkozók."
"Notes on Same, & Prof. Webb's account of events"
„Megjegyzések Same-ről és Webb professzor
eseménybeszámolója"
The other manuscript papers were all brief notes.
A többi kézirat mind rövid jegyzet volt.
**Some manuscripts described the queer dreams of different
persons.**
Néhány kézirat különböző személyek különös álmait írta le.
**Some manuscripts cited from theosophical books and
magazines.**
Néhány teozófiai könyvekből és folyóiratokból származó
kézirat.
Notably, most of these citations were from W. Scott-Eliott.
Figyelemre méltó, hogy ezek az idézetek többnyire W. Scott-
Eliotttól származnak.
Mainly the notes referenced Atlantis and the Lost Lemuria.
A jegyzetek főként Atlantiszra és az Elveszett Lemúriára
utaltak.
**The other notes commented on long-surviving secret
societies.**
A többi feljegyzés régóta fennálló titkos társaságokról szólt.
Hidden cults that may or may not still exist somewhere.
Rejtett szekták, amelyek talán még léteznek valahol, talán
nem.
Two books seemed to provide most of the information;
Úgy tűnt, két könyv szolgáltatta a legtöbb információt;

Miss Murray's Witch-Cult in Western Europe.

Murray kisasszony boszorkánykultusza Nyugat-Európában.

This book thoroughly detailed Mythological sources.

Ez a könyv részletesen bemutatja a mitológiai forrásokat.

And Frazer's Golden Bough provided anthropological
sources.

Frazer Aranyága című műve pedig antropológiai forrásokat
szolgáltatott.

***

The cuttings largely alluded to outré mental illnesses.

A kivágások nagyrészt mentális betegségekre utaltak.

Outbreaks of group folly and mania in the spring of 1925.

Csoportos őrültség és mánia kitörései 1925 tavaszán.

The first half of the manuscript told a very peculiar tale.

A kézirat első fele egy igen különös történetet mesélt el.

1925, the 1st of March, a thin dark young man came to my
uncle.

1925-ben, március 1-jén egy sovány, sötét hajú fiatalember jött
a nagybátyámhoz.

The manuscript describes his neurotic and excited aspect.

A kézirat neurotikus és izgatott aspektusát írja le.

And he bore with him the strange bas-relief.

És magával vitte a különös domborművet.

At that time the bas-relief was exceedingly damp and fresh.

Abban az időben a dombormű rendkívül nedves és friss volt.

His card bore the name of Henry Anthony Wilcox.

A névjegykártyáján Henry Anthony Wilcox neve állt.

And my uncle had slightly recognized who he was.

És a nagybátyám némileg felismerte, hogy ki ő.

He was the youngest son of an excellent family.

Egy kiváló család legfiatalabb fia volt.

Latterly he had been studying sculpture at Rhode Island.

Később szobrászatot tanult Rhode Islanden.

He lived alone at the Fleur-de-Lys Building.

Egyedül élt a Fleur-de-Lys épületben.

His residences were near the university.
Lakóhelyei az egyetem közelében voltak.
Wilcox was a precocious youth of known genius.
Wilcox egy koraérett ifjú volt, akiről köztudott, hogy zseni.
But he was also known for his great eccentricity.
De nagy különcségéről is ismert volt.
From childhood he had excited the attention of others.
Gyerekkorától fogva felkeltette mások figyelmét.
He told of strange stories no one had told him about.
Olyan különös történeteket mesélt, amiket senki sem mesélt neki.
And he was in the habit of relating strange dreams.
És szokása volt furcsa álmokat mesélni.
He described himself as "psychically hypersensitive".
„Pszichikailag túlérzékenynek" nevezte magát.
But those around him had other descriptions for him.
De a körülötte lévőknek más leírásaik voltak róla.
They were staid folk of the ancient commercial city.
Az ősi kereskedőváros komoly népe volt.
And they dismissed him as merely strange and "queer".
És egyszerűen csak furcsának és „különösnek" bélyegezték.
And so he never mingled much with his kind.
Így aztán soha nem keveredett sokat a fajtájával.
And he had dropped gradually from social visibility.
És fokozatosan visszaesett a társadalmi ismertségből.
Now he is known only to a small group of esthetes.
Most már csak egy kis esztétikus csoport ismeri.
And those who knew him came mostly from other towns.
És akik ismerték, többnyire más városokból érkeztek.
Even the Providence art club had found him quite hopeless.
Még a Providence-i művészeti klub is teljesen reménytelennek találta.
Of course they were anxious to preserve their conservatism.
Természetesen igyekeztek megőrizni konzervativizmusukat.

***

The professor's manuscript continued to describe the visit.
A professzor kézirata folytatta a látogatás leírását.
The sculptor abruptly asked for his host's archeological knowledge.
A szobrász hirtelen rákérdezett a házigazdája régészeti ismereteire.
He wanted him to identify the hieroglyphics on the bas-relief.
Azt akarta, hogy azonosítsa a dombormű hieroglifáit.
He spoke in a dreamy and rather stilted manner.
Álmodozó és kissé mesterkélt modorban beszélt.
His speech suggested pose and alienated sympathy.
Beszéde pózolást és elidegenítő együttérzést sugallt.
And my uncle showed some sharpness in his reply.
És a nagybátyám válasza némi élességet mutatott.
Because the bas-relief was still conspicuously freshness.
Mivel a dombormű még feltűnően friss volt.
So there was no need for any kinship with archeology.
Tehát nem volt szükség semmilyen rokonságra a régészettel.
Young Wilcox's rejoinder was of a fantastically poetic cast.
Az ifjú Wilcox válasza fantasztikusan költői szereplőgárdából állt.
My uncle must have been impressed with the reply.
A nagybátyámnak biztosan lenyűgözte a válasz.
And he recorded the reply of Wilcox verbatim.
És szó szerint feljegyezte Wilcox válaszát.
"The bas-relief is indeed still conspicuously fresh."
„A dombormű valóban feltűnően friss még mindig."
"Because I made this bas-relief last night, after a dream."
„Mert ezt a domborművet tegnap este készítettem, egy álom után."
"A dream of strange cities and stranger people."
„Egy álom idegen városokról és különös emberekről."
"And dreams are older than brooding Tyros."
„És az álmok idősebbek, mint a komor Tyros."
"Dreams are older than the contemplative Sphinx."
„Az álmok régebbiek, mint a kontemplatív Szfinx."

"And dreams are older than the garden-girdled Babylon."
„És az álmok régebbiek, mint a kertekkel körülvett Babilon.”
This type of speech turned out to be characteristic of him.
Ez a fajta beszédmód jellemzőnek bizonyult rá.
It was then that he began that rambling tale.
Ekkor kezdte bele ebbe a zűrös történetbe.
The tale which suddenly played upon a sleeping memory.
A mese, mely hirtelen egy szunnyadó emléket idézett fel.
The tale that won the fevered interest of my uncle.
A történet, amely felkeltette nagybátyám lázas érdeklődését.

***

There had been a slight earthquake tremor the night before.
Előző este egy kisebb földrengés volt.
The most considerable tremor New England had felt for
some years.
A legjelentősebb földrengés, amit Új-Anglia évek óta érzett.
Wilcox's imagination had been keenly affected by the
earthquake.
Wilcox képzeletét erősen megviselte a földrengés.
He had had an unprecedented dream of great Cyclopean
cities.
Soha nem látott álma volt hatalmas ciklop városokról.
He dreamed of Titan blocks and sky-flung monoliths.
Titántömbökről és az égbe nyúló monolitokról álmodott.
All the architecture was dripping with green ooze.
Az összes építészet zöld váladéktól csöpögött.
And his dreams were sinister with latent horror.
És álmai baljóslatúak voltak a lappangó borzalomtól.
Hieroglyphics had covered the walls and pillars.
A falakat és az oszlopokat hieroglifák borították.
From somewhere underneath there came a sound.
Valahonnan lentről egy hang hallatszott.
The sound was of a voice, but it was not a voice.
Egy hang hangja volt, de nem hang volt.

A chaotic sensation which only fancy could transmute into sound.

Egy kaotikus érzés, amelyet csak a képzelet tudott hanggá alakítani.

He attempted to say the almost unpronounceable word.

Megpróbálta kimondani a szinte kiejthetetlen szót.

A jumble of unlikely letters; "Cthulhu fhtagn".

Valószínűtlen betűk kavalkádja; „Cthulhu első szava ".

This verbal jumble was the key to my uncle's recollection.

Ez a szóbeli zagyvaság volt a kulcs nagybátyám emlékezetéhez.

This strange sound excited and disturbed Professor Angell.

Ez a furcsa hang izgalomba hozta és nyugtalanította Angell professzort.

He questioned the sculptor with scientific minuteness.

Tudományos alapossággal kérdezte a szobrászt.

He studied the bas-relief with almost frantic intensity.

Szinte kétségbeesett figyelemmel tanulmányozta a domborművet.

My uncle blamed his old age, Wilcox afterward said.

A nagybátyám az öregkorát hibáztatta – mondta később Wilcox.

In his younger days he would have recognized the hieroglyphics.

Fiatalabb korában felismerte volna a hieroglifákat.

The pictorial design wouldn't have puzzled his sharper mind.

A képi terv nem zavarta volna élesebb elméjét.

Many of his questions seemed highly out of place to his visitor.

Sok kérdése teljesen oda nem illőnek tűnt a látogató számára.

He tried to connect him to strange mythological cults.

Megpróbálta különös mitológiai kultuszokhoz kötni.

He tried to get him to admit affiliation to secret societies.

Megpróbálta rávenni, hogy beismerje titkos társaságokhoz való tartozását.

My uncle even promised to keep his visitor's secret.

A nagybátyám még azt is megígérte, hogy titokban tartja a
látogatóját.
"Are you not part of a widespread mystical group?"
„Nem vagy tagja egy széles körben elterjedt misztikus
csoportnak?"
"Are you not a member of a paganly religious body?"
„Nem vagy tagja egy pogány vallású közösségnek?"
**Eventually he became convinced the sculptor wasn't a
member.**
Végül meggyőződött arról, hogy a szobrász nem tagja a
szervezetnek.
He was indeed ignorant of any cult or system of cryptic lore.
Valóban tudatlan volt bármilyen kultusz vagy kriptikus
tudásrendszer iránt.
**He besieged his visitor with demands for future reports of
dreams.**
Látogatóját azzal ostromolta, hogy jövőbeli álmokról szóló
jelentéseket követelt tőle.
This strange request bore regular and interesting fruit.
Ez a különös kérés rendszeres és érdekes gyümölcsöt hozott.

***

After the first interview the manuscript records daily calls.
Az első interjú után a kézirat rögzíti a napi hívásokat.
He related startling fragments of nocturnal imagery.
Megdöbbentő éjszakai képtöredékeket mesélt el.
There were always the same themes in his dreams.
Álmaiban mindig ugyanazok a témák játszottak.
A terrible Cyclopean vista of dark and dripping stone.
Szörnyű, ciklopi látkép sötét és csöpögő kőből.
**A subterranean voice or intelligence shouting
monotonously.**
Egy földalatti hang vagy intelligencia monoton kiabálása.
Two sounds seemed to repeat themselves in his dreams.
Két hang ismétlődött álmában.
But these sounds were as enigmatic as the other sounds.

De ezek a hangok ugyanolyan rejtélyesek voltak, mint a többi hang.

The sounds can only be rendered by the letters "Cthulhu" and "R'lyeh".

R'lyeh " betűkkel lehet visszaadni .

On March 23rd, the manuscript continued, Wilcox failed to come.

Március 23-án, a kézirat folytatódott, Wilcox nem jött el.

My uncle made inquiries at the quarters of his whereabouts.

A nagybátyám érdeklődött a szállásán, hogy hol van.

That night he had been stricken with an obscure sort of fever.

Azon az éjszakán valami ismeretlen láz gyötörte.

And he was taken to the home of his family in Waterman Street.

És elvitték családja otthonába a Waterman utcában.

That night he had cried out in one of his dreams.

Azon az éjszakán az egyik álmában felsírt.

His cries aroused several other artists in the building.

Kiáltásai több más művészt is felkeltettek az épületben.

And he was between alternations of unconsciousness and delirium.

És az eszméletlenség és a delírium váltakozása között volt.

My uncle at once telephoned the family of Wilcox.

A nagybátyám azonnal felhívta Wilcox családját.

And from that time forward he kept close watch of the case.

És attól kezdve szorosan figyelemmel kísérte az ügyet.

He called often at the Thayer Street office of Dr. Tobey.

Gyakran látogatta Dr. Tobey Thayer utcai rendelőjét.

Dr. Tobey was in charge of the patient's condition.

Dr. Tobey volt a felelős a beteg állapotáért.

The youth's febrile mind was dwelling on strange things.

A fiatalember lázas elméje furcsa dolgokon járt.

The doctor shuddered now and then as he spoke of the dreams.

Az orvos időnként megborzongott, miközben az álmokról beszélt.

The dreams repeated a lot of the earlier themes.

Az álmok sok korábbi témát megismételtek.

But now his dreams made mention of something new.

De most az álmai valami újról szóltak.

A gigantic thing "a miles high" which walked, or lumbered about.

Egy gigantikus, "mérföld magas" dolog, amely járt, vagy döcögött ide-oda.

He at no time fully described this object in any detail.

Soha nem írta le teljesen, részletesen ezt a tárgyat.

But Dr. Tobey relayed the frantic words of his patient.

De Dr. Tobey továbbította páciense kétségbeesett szavait.

And the professor became increasingly certain of what it was.

És a professzor egyre biztosabb lett abban, hogy mi is az valójában.

The nameless monstrosity he had sought to depict in his sculpture.

A névtelen szörnyeteg, amelyet szobrával meg akart ábrázolni.

The doctor had mentioned the bas-relief he had made.

Az orvos említette a domborművet, amit készített.

This mention preludes the young man's subsidence into lethargy.

Ez az említés megelőzi a fiatalember letargiába süllyedését.

His temperature, oddly enough, was not greatly above normal.

A hőmérséklete, furcsa módon, nem volt sokkal a normális felett.

But his general condition suggested he was in a fever.

De az általános állapota arra utalt, hogy lázas.

A fever, as opposed to being in the grasp of a mental disorder.

Láz, szemben a mentális zavarok gyötörte állapottal.

****

On April 2nd at about 3 p.m. the fever came to an end.
Április 2-án, délután 3 óra körül, a láz alábbhagyott.
Every trace of Wilcox's malady suddenly ceased.
Wilcox kórjának minden nyoma hirtelen eltűnt.
He sat upright in bed as if waking up from regular sleep.
Úgy ült fel az ágyban, mintha egy átlagos álomból ébredne.
He was astonished to find himself at his parents' home.
Megdöbbenve találta magát szülei házában.
And he was completely ignorant of what had happened.
És teljesen tudatlan volt a történtek felett.
Neither dream nor reality had made an impression on his mind.
Sem az álom, sem a valóság nem hagyott nyomot az elméjében.
Dr. Tobey pronounced him fit to be dismissed from his care.
Dr. Tobey alkalmasnak nyilvánította a gondozásából való elbocsátásra.
And he returned to his quarters three days later.
És három nap múlva visszatért a szállására.
But to Professor Angell he was of no further assistance.
De Angell professzornak már nem tudott segíteni.
All traces of strange dreaming had vanished with his recovery.
Felépülésével a furcsa álmodozás minden nyoma eltűnt.
For a week he recounted irrelevant and thoroughly usual visions.
Egy hétig mesélt lényegtelen, mégis teljesen hétköznapi látomásokról.
And my uncle kept no further record of his night-thoughts.
És a nagybátyám nem jegyezte fel többé éjszakai gondolatait.
At this point the first part of the manuscript ended.
Ezen a ponton a kézirat első része véget ért.
But my research was still anything but concluded.
De a kutatásom még korántsem volt lezárva.
References to scattered notes helped piece things together.
A szétszórt jegyzetekre való hivatkozások segítettek összerakni a dolgokat.

And there was more than enough material for thought.
És volt elég anyag a gondolkodásra.
My distrust of the artist had still not subsided.
A művész iránti bizalmatlanságom még mindig nem enyhült.
But this was largely a result of my ingrained skepticism.
De ez nagyrészt a mélyen gyökerező szkepticizmusom
eredménye volt.
The notes described the dreams of various persons.
A jegyzetek különböző személyek álmait írták le.
**These dreams all occurred while young Wilcox was in his
fever.**
Ezek az álmok mind akkor történtek, amikor a fiatal Wilcox
lázas volt.
My uncle, it seems, wasted no time in collecting the data.
Úgy tűnik, a nagybátyám nem vesztegette az időt az adatok
gyűjtésével.
**He had quickly instituted a prodigiously far-flung body of
inquiries.**
Gyorsan elindított egy rendkívül szerteágazó
vizsgálatsorozatot.
Any friend that didn't show impertinence he questioned.
Bármely barátját, aki nem mutatott szemtelenséget,
megkérdőjelezte.
He requested from them nightly reports of their dreams.
Éjszakánként jelentést kért tőlük álmaikról.
And he asked if they had had any notable visions of late.
És megkérdezte, hogy voltak-e mostanában valami említésre
méltó látomásaik.
The reception of his request seems to have been varied.
Úgy tűnik, kérésének fogadtatása vegyes volt.
But there was certainly no shortage in replies.
De válaszokból biztosan nem volt hiány.
No ordinary man could have handled the replies alone.
Egyetlen átlagos ember sem lett volna képes egyedül
megbirkózni a válaszokkal.
The original correspondences were not preserved.
Az eredeti levelezések nem maradtak fenn.

But his notes formed a thorough and significant digest.

De jegyzetei alapos és jelentőségteljes összefoglalást alkottak.

***

Initially he had approached average people in society.

Kezdetben a társadalom átlagembereihez közeledett.

New England's traditional "salt of the earth".

Új-Anglia hagyományos „föld sója".

But this group gave an almost completely negative result.

De ez a csoport szinte teljesen negatív eredményt adott.

Though there were some exceptions to this group too.

Bár ebben a csoportban is voltak kivételek.

Scattered cases of uneasy but formless nocturnal impressions.

Nyugtalan, de alaktalan éjszakai benyomások szétszórt esetei.

Their reports were always between March 23rd and April 2nd.

Jelentésük mindig március 23. és április 2. között volt.

This aligned with the same period of young Wilcox's delirium.

Ez összhangban volt a fiatal Wilcox delíriumának ugyanazon időszakával.

Men of science had been only a little more affected.

A tudósokat csak egy kicsit jobban érintette a dolog.

Though four cases of vague description were of interest.

Bár négy homályos leírású eset érdekesnek bizonyult.

They had had fugitive glimpses of strange landscapes.

Futólag megpillantották a különös tájakat.

And in one case a dread of something abnormal was mentioned.

És egy esetben valami rendellenestől való rettegést említettek.

It was from the artists and poets that the pertinent answers came.

A művészektől és költőktől érkeztek a lényeges válaszok.

It is a blessing no one had been able to compare notes.

Áldás, hogy senki sem tudott összehasonlítani a hangokat.

Panic would have broken loose had they shared their visions.

Kitört volna a pánik, ha megosztják a látomásaikat.

This, however, did not dispel my ingrained skepticism.

Ez azonban nem oszlatta el bennem a mélyen gyökerező szkepticizmust.

Others might have come to mythical conclusions much quicker.

Mások sokkal gyorsabban juthattak volna mitikus következtetésekre.

But the original letters were lacking from the notes.

De az eredeti betűk hiányoztak a jegyzetekből.

I half suspected the compiler of having asked leading questions.

Félig-meddig gyanítottam, hogy a fordító rávezető kérdéseket tett fel.

Or perhaps the correspondences weren't entirely original.

Vagy talán a levelezések nem voltak teljesen eredetiek.

Perhaps my uncle had resolved to confirm Wilcox's dreams.

Talán a nagybátyám elhatározta, hogy megerősíti Wilcox álmait.

That is why I continued to feel suspicious of the sculptor.

Ezért továbbra is gyanakodtam a szobrászra.

Perhaps he was still cognizant of my uncle's old data.

Talán még mindig tisztában volt a nagybátyám régi adataival.

Perhaps he had been imposing on the veteran scientist.

Talán túlzóan viselkedett a veterán tudóssal.

Nonetheless, the corroborating data had to be investigated.

Ennek ellenére meg kellett vizsgálni a megerősítő adatokat.

***

The responses from the esthetes told a disturbing tale.

Az esztéták válaszai nyugtalanító történetet meséltek.

From February 28th to April 2nd their dreams aligned.

Február 28-tól április 2-ig álmaik egybeestek.

And a large proportion of them had dreamed very bizarre things.

És nagy részük nagyon bizarr dolgokat álmodott.

The timing of the intensity of their dreams was also of interest.

Az álmaik intenzitásának időzítése is érdekes volt.

The period of the sculptor's delirium marked a highpoint.

A szobrász delíriumának időszaka csúcspontot jelentett.

The intensity of their dreams were immeasurably the stronger.

Álmaik intenzitása mérhetetlenül erősebb volt .

Over a quarter reported unfamiliar and unpronounceable sounds.

Több mint a negyedük számolt be ismeretlen és kiejthetetlen hangokról.

Noises not dissimilar to what Wilcox had also described.

Zajok, amelyek nem sokban különböztek attól, amit Wilcox szintén leírt.

Some described highly elaborate and impossible architecture.

Néhányan rendkívül bonyolult és lehetetlen építészetet írtak le.

And some of the dreamers confessed to an acute fear.

És néhány álmodó bevallotta, hogy heves félelmet érez.

Like Wilcox, they had seen some gigantic nameless thing.

Wilcoxhoz hasonlóan ők is láttak valami óriási, névtelen dolgot.

One case, which the note describes with emphasis, was very sad.

Az egyik eset, amelyet a jegyzet nyomatékkal ír le, nagyon szomorú volt.

The subject was a widely known architect of the region.

A modell a régió egyik ismert építésze volt.

He too had leanings toward theosophy and occultism.

Neki is voltak hajlamai a teozófiára és az okkultizmusra.

This man went violently insane on March the 22nd.

Ez a férfi március 22-én erőszakosan megőrült.

The exact same date of young Wilcox's seizure.
Pontosan ugyanazon a napon, amikor a fiatal Wilcoxot roham érte.
He expired several months later, after incessant screaming.
Néhány hónappal később, szüntelen sikoltozás után meghalt.
He begged to be saved from some escaped denizen of hell.
Könyörgött, hogy mentsék meg valamelyik megszökött pokollakótól.
Regrettably, my uncle did not refer to these cases by name.
Sajnos a nagybátyám nem említette név szerint ezeket az eseteket.
Instead, all studies were given nothing more than a number.
Ehelyett minden tanulmánynak nem adtak mást, mint egy számot.
This way I was limited in attempting any personal investigation.
Így korlátozva voltam a személyes nyomozás megkísérlésében.
And corroborating the evidence further was demanding.
És a bizonyítékok további alátámasztása is igényes volt.
But finally I did succeed in tracing down some cases.
De végül sikerült felkutatanom néhány esetet.
I should have trusted the notes from my uncle.
Meg kellett volna hinnem a nagybátyám jegyzeteinek.
They reported their dreams true to their reports.
Álmaikról beszámoltak, melyek a beszámolóiknak megfeleltek.
I have often wondered what they thought the questioning meant.
Sokszor eltűnődtem azon, hogy mit gondoltak a kérdezősködés jelentéséről.
It is for the best that no explanation shall ever reach them.
Jobb is, ha semmilyen magyarázat nem jut el hozzájuk.

***

As I have mentioned, my uncle also collected press clippings.

Mint már említettem, a nagybátyám újságkivágásokat is gyűjtött.

These press clippings corresponded to the dates in question.

Ezek a sajtókivágások megfeleltek a szóban forgó dátumoknak.

The sources were scattered throughout the globe.

A források szétszóródtak az egész világon.

Professor Angell must have employed a cutting bureau.

Angell professzornak biztosan egy kivágóirodát kellett alkalmaznia.

Because the number of extracts was tremendous.

Mivel a kivonatok száma óriási volt.

There was a parallel to this part of his research.

Kutatásának ezen részével párhuzam vonható volt.

Cases of panic, mania, and eccentricity.

Pánik, mánia és különcség esetei.

One case was a nocturnal suicide in London.

Az egyik eset egy éjszakai öngyilkosság volt Londonban.

A lone sleeper had leaped from a window after a shocking cry.

Egy magányos alvó egy döbbenetes sikoly után kiugrott az ablakon.

A rambling letter to the editor of a paper in South America.

Egy kósza levél egy dél-amerikai újság szerkesztőjéhez.

A fanatic deduces a dire future from visions he had had.

Egy fanatikus szörnyű jövőképet sejtet a látomásaiból.

A dispatch from California describes a theosophist colony.

Egy kaliforniai üzenet egy teozófus kolóniát ír le.

They donned white robes en masse for some "glorious fulfilment".

Tömegesen öltöttek fehér köntöst valamilyen "dicsőséges beteljesülés" érdekében.

Although that "glorious fulfilment" never arose.

Bár ez a „dicsőséges beteljesülés" soha nem következett be.

There seems to be serious unrest from the natives in India.

Úgy tűnik, komoly nyugtalanság tapasztalható az indiai őslakosok körében.

Voodoo orgies multiplied in Haiti.

Megszaporodtak a vudu orgiák Haitin.

African outposts report ominous mutterings.

Az afrikai előőrsök baljóslatú motyogásokról számolnak be.

American officers in the Philippines find certain tribes bothersome.

Az amerikai tisztek a Fülöp-szigeteken bizonyos törzseket zavarónak találnak.

New York policemen are mobbed by hysterical Levantines.

A New York-i rendőröket hisztérikus levanteiak ostromolják.

This occurred exactly on the night of March 22-23.

Ez pontosan március 22-ről 23-ra virradó éjjel történt.

The west of Ireland, too, was full of wild rumor and legendry.

Írország nyugati része is tele volt vad pletykákkal és legendákkal.

A fantastic painter named Ardois-Bonnot made the news in France.

Egy Ardois-Bonnot nevű fantasztikus festő bekerült a hírekbe Franciaországban.

He hung a blasphemous dream landscape in the Paris spring salon.

Egy istenkáromló álomtájképet akasztott ki a párizsi tavaszi szalonba.

The recorded troubles in insane asylums were immeasurable.

Az elmegyógyintézetekben feljegyzett problémák mérhetetlenek voltak.

A miracle must have kept the medical fraternities unsuspecting.

Egy csoda bizonyára mit sem sejtette az orvosi kamarák helyzetét.

But they never noted the strange parallelisms of the cases.

De sosem vették észre az esetek furcsa párhuzamait.

Else they too would have come to mystified conclusions.

Különben ők is rejtélyes következtetésekre jutottak volna.

I must confess these were indeed a set of weird paper cuttings.

Be kell vallanom, ezek valóban furcsa papírkivágások voltak.

My uncle had put forward a convincing argument.

A nagybátyám meggyőző érveket hozott fel.

I can't explain how I set the evidence aside.

Nem tudom megmagyarázni, hogyan tettem félre a bizonyítékokat.

But my callous rationalism took the upper hand.

De a érzéketlen racionalizmusom győzött.

And I was still suspicious of the young sculptor, Wilcox.

És még mindig gyanakodtam a fiatal szobrászra, Wilcoxra.

He must have known of the older matters mentioned by the professor.

Biztosan tudott a professzor által említett régebbi ügyekről.

The Tale of Inspecter Legrasse
Legrasse felügyelő meséje

Let me turn your attention away from the young sculptor.
Hadd tereljem el a figyelmedet a fiatal szobrászról.
And let us focus on the second half of the manuscript.
És most koncentráljunk a kézirat második felére.
A few dreams alone would not have been so significant.
Néhány álom önmagában nem lett volna olyan jelentős.
The bas-relief could have been dismissed as a hoax.
A domborművet átverésként is el lehetett volna utasítani.
But my uncle had previously been primed to take interest.
De a nagybátyám korábban már hajlamos volt érdeklődni.
Wilcox's dream seemed to have a link to past events.
Wilcox álma látszólag múltbeli eseményekhez kapcsolódott.
It wasn't the first time that he had heard that word.
Nem ez volt az első alkalom, hogy ezt a szót hallotta.
The ominous syllables perhaps written as "Cthulhu".
A baljós szótagok talán "Cthulhu"-ként vannak írva.
He had seen and heard of similar descriptions before.
Látott és hallott már hasonló leírásokról korábban.
The hellish outlines of the nameless monstrosity.
A névtelen szörnyeteg pokoli körvonalai.
He had previously puzzled over the same hieroglyphics.
Korábban már töprengett ugyanazokon a hieroglifákon.
All this produced a horrible connection of events.
Mindez szörnyű eseménykapcsolatot eredményezett.
It is no wonder he pursued young Wilcox with queries.
Nem csoda, hogy kérdésekkel üldözte a fiatal Wilcoxot.
And we must not be surprised he interrogated Wilcox so.
És nem lepődhetünk meg azon, hogy így vallatta Wilcoxot.
This earlier experience had come in the year of 1908.
Ez a korábbi élmény 1908-ban történt.
Seventeen years before Wilcox came to my great-uncle.
Tizenhét évvel azelőtt, hogy Wilcox a nagybátyámhoz került.
The archeological society were meeting in St. Louis.
A régészeti társaság St. Louisban tartotta ülését.

Professor Angell had a prominent part in the deliberations.
Angell professzor kiemelkedő szerepet játszott a
tanácskozásokon.
His responsibilities befitted one of his authority.
Felelőssége méltó volt tekintélyéhez .
**He was one of the first to be approached by several
outsiders.**
Ő volt az elsők között, akiket több kívülálló megkeresett.
They took advantage of the convocation to offer questions.
Kihasználták a lehetőséget, hogy kérdéseket tegyenek fel.
They hoped for correct answering from an expert.
Egy szakértőtől korrekt választ reméltek.
They each had very peculiar types of problems.
Mindegyiküknek nagyon sajátos problémái voltak.
And they required very different types of solutions.
És nagyon különböző típusú megoldásokat igényeltek.
The chief of these was a common-looking middle-aged man.
Ezek közül a főnök egy átlagos külsejű középkorú férfi volt.
And he quickly became the meeting's focus of interest.
És gyorsan a találkozó érdeklődésének középpontjába került.

***

He had traveled to St. Louis all the way from New Orleans.
Egészen New Orleansból utazott St. Louisba.
He had come to the meeting for special information.
Különleges információkért jött a találkozóra.
Knowledge that could not be unobtained from local source.
Olyan tudás, amelyet nem lehetett helyi forrásból
megszerezni.
His name was John Raymond Legrasse, police inspector.
John Raymond Legrasse-nak hívták, rendőrfelügyelő volt.
He bore with him the mysterious subject of his inquiries.
Magában hordozta vizsgálódásai titokzatos tárgyát.
A grotesque and apparently very ancient stone statuette.
Egy groteszk és látszólag nagyon ősi kőszobor.
A statuette whose origin no one had been able to determine.

Egy szobor, amelynek eredetét senki sem tudta megállapítani.

But don't assume Inspector Legrasse was an archeologist.

De ne feltételezzük, hogy Legrasse felügyelő régész volt.

He had very little interest in archeology, nor mythology.

Kevés érdeklődést mutatott a régészet, sőt a mitológia iránt is.

His wish for enlightenment had rather different motivations.

A megvilágosodás utáni vágyának egészen más motivációi voltak.

He was prompted to come by purely professional considerations.

Pusztán szakmai megfontolások késztették erre.

The statuette had been captured as part of a police raid.

A szobrocskát egy rendőrségi razzia részeként foglalták le.

Although whether it was even a statuette wasn't determined.

Bár hogy egyáltalán szobrocska volt-e, azt még nem állapították meg.

It could also have been an idol, magic fetish, or charm.

Lehetett volna bálvány, mágikus fétis vagy talizmán is.

Whatever it was, it had been captured some months previously.

Bármi is volt az, néhány hónappal korábban elfogták.

A meeting was being held in the wooded swamps of New Orleans.

Egy gyűlést tartottak New Orleans erdős mocsaraiban.

The police had been tipped of about a supposed voodoo meeting.

A rendőrség értesült egy állítólagos vudu találkozóról.

Strange and hideous rites connected with the voodoo circle.

Furcsa és förtelmes rítusok, amelyek a vudu körhöz kapcsolódnak.

The police could not but realize what they had stumbled on.

A rendőrök nem tudták nem észrevenni, mibe botlottak bele.

A dark cult previously totally unknown to the authorities.

Egy sötét szekta, amely korábban teljesen ismeretlen volt a hatóságok számára.

Infinitely more sinister than what an outsider could expect.

Végtelenül baljósabb, mint amire egy kívülálló számíthatna.

More diabolic than the blackest of the African voodoo circles.

Ördögibb, mint a legfeketébb afrikai vudu körök.

Unbelievable tales were extorted from the captured cult members.

Hihetetlen történeteket zsaroltak ki az elfogott szekta tagjaiból.

But nothing of the relic's origin could be discovered.

De az ereklye eredetéről semmit sem sikerült felfedezni.

Hence the anxiety of the police for any antiquarian lore.

Ezért aggódik a rendőrség minden régiségekkel kapcsolatos ismeretanyagért.

Ancient mythology might explain the frightful symbol.

Az ősi mitológia megmagyarázhatja a félelmetes szimbólumot.

Deeper knowledge could perhaps track the fountain-head.

A mélyebb ismeretek talán segíthetnének a forrásfej nyomában.

Inspector Legrasse was not prepared for the excitement he created.

Legrasse felügyelő nem volt felkészülve az általa keltett izgalomra.

One sight of the mysterious object was all that was required.

Elég volt csak megpillantani a titokzatos tárgyat.

The assembled men of science were filled with curiosity.

Az összegyűlt tudósokat kíváncsiság töltötte el.

They lost no time in crowding closely around the inspector.

Nem vesztegették az időt, szorosan a felügyelő köré gyűltek.

And they all tried to get the best look at the diminutive figure.

És mindannyian megpróbálták a lehető legjobban megnézni az apró alakot.

***

The genuinely abysmal antiquity inspired wild imagination.

A valóban mélységes antikvitás vad képzeletet ihletett.

The strangeness hinted so potently at unopened and archaic
vistas.

A különösség oly erőteljesen utalt a feltáratlan és archaikus
látképekre.

No recognized school of sculpture had animated this terrible
object.

Egyetlen elismert szobrászati iskola sem életre keltette ezt a
szörnyű tárgyat.

Yet centuries seemed recorded in the dim and greenish
surface.

Mégis évszázadok nyomai látszottak a homályos, zöldes
felszínen.

Perhaps thousands of years were hidden in this unplaceable
stone.

Talán évezredek rejtőztek ebben a letehetetlen kőben.

The figurine was finally passed slowly from man to man.

A szobrocskát végül lassan adták tovább embertől emberhez.

Each scientist carefully studied the strange markings of the
stone.

Minden tudós gondosan tanulmányozta a kő furcsa jelöléseit.

The work was between seven and eight inches in height.

A mű magassága hét és nyolc hüvelyk között volt.

And the exquisite artistic workmanship must be noted.

És meg kell jegyezni a kiváló művészi kidolgozást.

The carvings represented a monster of vaguely anthropoid
outline.

A faragványok egy homályosan emberszabású körvonalú
szörnyeteget ábrázoltak.

On the face of the octopus-esque head was a mass of feelers.

polipszerű fej arcán tapogatózó szervek sokasága volt.

Prodigious claws on hind and fore feet protruded from the
body.

A hátsó és az első lábakon óriási karmok álltak ki a testből.

The bloated corpulence had a rubbery looking quality to it.

A felfúvódott test gumiszerűnek tűnt.

And from behind the rubbery body came out two narrow
wings.

És a gumiszerű test mögül két keskeny szárny bukkant elő.

It would be instinctual to think of this thing as fearsome.

Ösztönös lenne ezt a dolgot félelmetesnek gondolni.

There was an unnatural malignancy to the aura of the creature.

A teremtmény aurájában valami természetellenes rosszindulat volt.

The gargantuan squatted evilly on a rectangular block.

A gigantikus gonoszul leguggolt egy téglalap alakú tömbre.

The pedestal it was on was covered with undecipherable characters.

A talapzat, amin állt, tele volt megfejthetetlen karakterekkel.

The tips of the wings touched the back edge of the block.

A szárnyak hegye a tömb hátsó szélét érintette.

The creature was sitting on the middle of the giant block.

A lény az óriási tömb közepén ült.

Its legs were doubled up under its monstrous body.

Lábai összegömbölyödtek szörnyű teste alatt.

The long, curved claws gripped the front edge of the cliff.

Hosszú, görbe karmai a szikla elülső szélébe kapaszkodtak.

The cephalopod head was bent forward, observing its kingdom.

A lábasfejű feje előrehajolt, figyelve a királyságát.

The ends of the facial feelers brushed the backs of huge forepaws.

Az arccsipkék végei hatalmas mellső mancsaik hátulját súrolták.

And the forepaws clasped the croucher's elevated knees.

És mellső mancsai a guggoló felemelt térdét szorongatták.

The appearance of the grotesque scene was abnormally lifelike.

A groteszk jelenet megjelenése rendellenesen életszerű volt.

But this lifelike quality only added a subtle reason to be more fearful.

De ez az életszerűség csak egy finom okot adott a félelem fokozására.

Because we knew nothing about the source of the depiction.

Mert semmit sem tudtunk az ábrázolás forrásáról.

The creature's vast, awesome, and incalculable age was unmistakable.

A teremtmény hatalmas, félelmetes és kiszámíthatatlan kora félreérthetetlen volt.

But not one link did the depiction show with any known type of art.

De az ábrázolás semmilyen kapcsolatot nem mutatott semmilyen ismert művészeti ággal.

Not even the earliest civilizations made reference to this creature.

Még a legkorábbi civilizációk sem tettek említést erről a lényről.

But that is not the only point at which our knowledge failed us.

De nem ez az egyetlen pont, ahol a tudásunk cserbenhagyott minket.

***

The mineralogy of the stone was also a complete mystery.

A kő ásványtani összetétele szintén teljes rejtély volt.

Gold specks dotted the soapy, greenish-black stone.

Aranypöttyök pettyezték a szappanos, zöldesfekete követ.

Iridescent striations ran along the length of the stone.

A kő hosszában irizáló csíkok futottak végig.

In short, the stone resembled nothing within mineralogy.

Röviden, a kő az ásványtanban semmihez sem hasonlított.

Geologists hadn't been able to identify the stone either.

A geológusok sem tudták azonosítani a követ.

The hieroglyphs along the stone were equally baffling.

A kőre írt hieroglifák ugyanilyen érthetetlenek voltak.

The writing system was horribly different than other scripts.

Az írásrendszer borzasztóan különbözött a többi forgatókönyvtől.

A representation of half the world's leading experts was present.

Jelen volt a világ vezető szakértőinek fele.

But no link to any known writing system could be established.

De semmilyen ismert írásrendszerhez nem sikerült kapcsolatot megállapítani.

Everything frightfully suggested an old and unhallowed cycle of life.

Minden ijesztően az élet egy régi és szentségtelen körforgására emlékeztetett.

A history in which our world and our conceptions played no part.

Egy történelem, amelyben a mi világunknak és elképzeléseinknek semmi szerepük nem volt.

The experts shook their heads, admitting they had been defeated.

A szakértők a fejüket rázták, beismerve, hogy vereséget szenvedtek.

But one expert did not give up quite so quickly.

De egy szakértő nem adta fel ilyen gyorsan.

He claimed to have a touch of bizarre familiarity with the subject.

Azt állította, hogy furcsa módon jártas a témában.

The monstrous shape and writing weren't entirely new to him.

A szörnyű alak és az írás nem volt teljesen új számára.

With some diffidence he told of the odd trifle he knew.

Kissé félénken mesélt a furcsa apróságról, amit ismert.

This person was the late William Channing Webb.

Ez a személy a néhai William Channing Webb volt.

He was professor of anthropology in Princeton University.

A Princetoni Egyetem antropológia professzora volt.

And he was an explorer of no small significance.

És nem kis jelentőségű felfedező volt.

***

Forty-eight years ago he was exploring Greenland and Iceland.

Negyvennyolc évvel ezelőtt Grönlandot és Izlandot fedezte fel.

His group were in search of some Runic inscriptions.

A csoportja rúnaírásos feliratokat keresett.

But the expedition failed to unearth any inscriptions.

Az expedíciónak azonban nem sikerült semmilyen feliratot feltárnia.

They trekked the heights of West Greenland's coasts.

Nyugat-Grönland partjainak magaslatait járták be.

Here they encountered a strange cult of degenerate Eskimos.

Itt egy furcsa, elfajult eszkimókból álló kultuszba botlottak.

Their religion consisted of a form of devil-worship.

Vallásuk az ördögimádat egy formájából állt.

And their rituals were deliberately bloodthirsty and repulsive.

És a rituáléik szándékosan vérszomjasak és visszataszítóak voltak.

It was a faith of which other Eskimos knew little.

Ez egy olyan hit volt, amelyről más eszkimók keveset tudtak.

Locals shuddered at the mention of their practices.

A helyiek megborzongtak a szokásaik említésére.

They said their believes came from horribly ancient eons.

Azt mondták, hogy a hiedelmeik szörnyűen ősi korszakokból származnak.

A time before the world as we know it now had ever been made.

Egy olyan idő, mielőtt a világ, ahogyan ma ismerjük, létrejött volna.

There were human sacrifices and queer hereditary rituals.

Voltak emberáldozatok és furcsa, örökletes rituálék.

And all their worship was directed at a supreme tornasuk.

tornasuknak irányult .

Professor Webb had taken a phonetic copy from an aged angekok.

Webb professzor egy fonetikus másolatot vett át egy idős angekoktól.

He had transcribed the wizard-priest's chants as best he could.

A varázslópap kántálását a lehető legjobban lejegyezte.

But currently these transcriptions weren't of prime significance.

De jelenleg ezek az átiratok nem voltak elsődleges jelentőségűek.

The cult had a cherished stone that they worshipped.

A kultusznak volt egy becses köve, amelyet imádtak.

They danced wildly when the aurora leaped over the ice cliffs.

Vadul táncoltak, amikor az aurora átugrott a jégsziklák felett.

And in the midst of their dance was the strange stone.

És táncuk közepette ott volt a különös kő.

It was, the professor stated, a very crude bas-relief of stone.

A professzor kijelentette, hogy egy nagyon durva kőből készült barifon.

The stone comprised a hideous picture and some cryptic writing.

A kő egy förtelmes képet és néhány rejtélyes írást tartalmazott.

And as far as he could tell this stone was a rough parallel.

És amennyire meg tudta állapítani, ez a kő nagyjából egyenértékű volt vele.

The stone had all the same essential features of bestial things.

A kő ugyanazokkal a lényeges tulajdonságokkal rendelkezett, mint az állati dolgok.

The scientists received this data with suspense and astonishment.

A tudósok izgatottan és döbbenten fogadták az adatokat.

Even Inspector Legrasse had quickly gained an interest in mythology.

Még Legrasse felügyelő is gyorsan érdeklődést mutatott a mitológia iránt.

And he began at once to ply his informant with questions.

És azonnal kérdésekkel kezdte el halmozni informátorát.
He had notes of the oral ritual of the cult-worshipers in the swamp.
Feljegyzései voltak a mocsárban élő kultusztimádók szóbeli rituáléjáról.
He besought the professor to remember the diabolist Eskimos' chants.
Arra kérte a professzort, hogy emlékezzen az ördögűző eszkimók énekeire.
There then followed an exhaustive comparison of details.
Ezután következett a részletek kimerítő összehasonlítása.
And there then followed a moment of really awed silence.
És ezután egy pillanatnyi valóban ámulatba ejtő csend következett.
The Eskimo wizards and the Louisiana swamp-priests were worlds apart.
Az eszkimó varázslók és a louisianai mocsárpapok világ választották el őket egymástól.
And yet there was a phrase the two hellish rituals had in common.
És mégis volt egy közös kifejezés a két pokoli rituáléban.
"Ph'nglui mglw'nafh Cthulhu R'lyeh wgah'nagl fhtagn."
" Ph'nglui Cthulhu R'lyeh wgah'nagl első jelzés ."

***

Legrasse had one advantage over Professor Webb.
Legrasse-nak egy előnye volt Webb professzorral szemben.
He had spoken to several of his mongrel prisoners.
Több korcs foglyával is beszélt.
Some of them had passed on the phrase's meaning.
Néhányan közülük továbbadták a kifejezés jelentését.
"In his house at R'lyeh dead Cthulhu waits dreaming."
R'lyeh- i házában a halott Cthulhu álmodozva várakozik.”
So the attention turned back to Inspector Legrasse.
Legrasse felügyelőre irányult .
And he was probed with many disconnected questions.

És sok összefüggéstelen kérdéssel tették próbára.

He detailed his experience with the worshipers from the swamp.

Részletesen beszámolt a mocsárból érkező imádókkal szerzett tapasztalatairól.

My uncle attached profound significance to the story.

A nagybátyám mély jelentőséget tulajdonított a történetnek.

The report savored of the wildest dreams of myth-makers.

A jelentés a mítoszteremtők legvadabb álmait idézte.

Theosophists could not have provided more imagination.

A teozófusok nem is nyújthattak volna több képzelőerőt.

But the philosophies came from unexpected sources.

De a filozófiák váratlan forrásokból származtak.

Half-castes and pariahs told these fantastical stories.

Félvérek és számkivetettek mesélték ezeket a fantasztikus történeteket.

On November 1st, 1907, his chain of events unfolded.

1907. november 1-jén bontakozott ki az eseménysorozat.

The New Orleans police received desperate calls.

A New Orleans-i rendőrség kétségbeesett hívásokat kapott.

They were called to the swamp and lagoon country to the south.

A délre fekvő mocsárvidékre és lagúnák vidékére hívták őket.

The settlers there were mostly primitive, but good-natured.

Az ottani telepesek többnyire primitívek voltak, de jóindulatúak.

Most living by the swamp were descendants of Lafitte's men.

A mocsár mellett élők többsége Lafitte embereinek leszármazottai voltak.

But now they were in the grip of stark terror.

De most a rettegés szorításában voltak.

An unknown thing had stolen upon them in the night.

Valami ismeretlen dolog lopózott rájuk az éjszaka folyamán.

It was voodoo, apparently, that caused the disturbance.

Nyilvánvalóan a vudu okozta a zavart.

But it was a voodoo unlike the other forms of voodoo.

De ez egy vudu volt, ellentétben a vudu más formáival.
Voodoo of a more terrible sort than they had ever known.
Szörnyűbb voodoo, mint amilyet valaha is láttak.
Some of their women and children had disappeared.
Néhány asszonyuk és gyermekük eltűnt.
A malevolent drumming had begun its incessant beating.
Egy rosszindulatú dobolás kezdte meg szüntelenül
dübörgését.
Far and deep within those dark, black haunted woods.
Messze és mélyen azokban a sötét, fekete, kísérteties
erdőkben.
There, where no dweller dared to ventured close to.
Ott, ahová egyetlen lakó sem mert a közelébe merészkedni.
There were insane shouts and harrowing screams.
Őrült kiáltások és hátborzongató sikolyok hallatszottak.
Soul-chilling chants and dancing devil-flames.
Lélekbemarkoló kántálás és táncoló ördöglángok.
The messenger and his people could stand it no more.
A hírvivő és népe nem bírta tovább.
A body of twenty police set out in the late afternoon.
Késő délután húsz fős rendőri egység indult útnak.
And a shivering settler came with them as a guide.
És egy didergő telepes jött velük kalauzként.

*****

At the end of the passable road they alighted.
A járható út végén leszálltak.
For miles and miles they splashed on in silence.
Kilométereken át némán totyogtak tovább.
And they went on through the terrible cypress woods.
És továbbmentek a szörnyű ciprusserdőkön keresztül.
Dark, dark woods in which day but almost never came.
Sötét, sötét erdőkben, melyekben a nap szinte soha nem jött el.
Ugly roots set traps for them in the wet ground.
A csúnya gyökerek csapdát állítanak nekik a nedves földben.
Malignant hanging nooses of Spanish moss beset them.

Rosszindulatú spanyolmoha lógó hurkok szorongatják őket.
In the distance the settlement slowly came into sight.
A távolban lassan felbukkant a település.
Hysterical dwellers ran out of the miserable huts.
Hisztérikus lakók rohantak elő a nyomorúságos kunyhókból.
They clustered around the group of bobbing lanterns.
A ringatózó lámpások csoportja köré csoportosultak.
Far, far ahead the cause of all the fear could be heard.
Messze, messze előlük hallani lehetett a félelem okát.
The muffled beat of drums was now faintly audible.
A dobok tompa lüktetése most már halványan hallható volt.
At times the wind shifted and revealed different sounds.
Időnként a szél megfordult, és más hangokat adott ki.
Curdling shrieks were audible at infrequent intervals.
Ritka időközönként alvadó sikolyok hallatszottak.
A reddish glare seemed to filter through the undergrowth.
Vöröses fény szűrődött át az aljnövényzeten.
The settlers were reluctant to be left alone again.
A telepesek vonakodtak újra magukra hagyni.
But they point blank refused to move forwards either.
De ők sem voltak hajlandóak előrelépni.
So the inspector and his colleagues plunged on unguided.
Így a felügyelő és kollégái útmutatás nélkül folytatták útjukat.
And they went into the black arcades of horror.
És beléptek a horror fekete árkádjaiba.
The region was one of traditionally evil repute.
A régió hagyományosan rossz hírű volt.
The lands were substantially unknown by white men.
A földek a fehér emberek számára lényegében ismeretlenek
voltak.
Not many explorers had traversed those regions yet.
Nem sok felfedező járta be még ezeket a vidékeket.
There were also legends of a hidden away lake.
Legendák keringtek egy rejtett tóról is.
A body of water still unglimpsed by mortal sight.
Egy vízfelület , melyet halandó szem még mindig nem látott .
In the lake it was said there dwelt a strange creature.

Azt mondták, hogy egy különös lény lakott a tóban.
A huge, formless white polypous thing with luminous eye.
Egy hatalmas, alaktalan, fehér polipos valami világító
szemmel.
And settlers whispered about bat-winged devils.
A telepesek pedig denevérszárnyú ördögökről suttogtak.
They flew up out of caverns from the inner earth.
A föld belsejéből repültek fel a barlangokból.
And together the demons worship it at midnight.
És a démonok együtt imádják éjfélkor.
They said it had been there before D'Iberville.
Azt mondták, hogy már D'Iberville előtt is ott volt.
They said it had been there before La Salle too.
Azt mondták, hogy a La Salle előtt is ott volt.
They said it was there before the Native Americans.
Azt mondták, hogy az már az amerikai őslakosok előtt is ott
volt.
Perhaps it was even there before the wholesome beasts.
Talán már az egészséges állatok előtt is ott volt.
It was a nightmare itself that made men dream.
Maga a rémálom volt, ami álmodozásra késztette az
embereket.
And to see the thing was the same as death.
És látni a dolgot ugyanaz volt, mint a halál.
And so they had enough warning to know to keep away.
Így elég figyelmeztetést kaptak ahhoz, hogy távol maradjanak.
Because it was indeed where they were warned it was.
Mert valóban ott figyelmeztették őket, hogy ott kell lenniük.
The voodoo orgy was on the fringe of this abhorred area.
A vudu orgia ennek az utálatos területnek a peremén zajlott.
But the location was already bad enough by itself.
De a helyszín önmagában is elég rossz volt.
The voodoo activities only added to the horror.
A vudu-tevékenységek csak fokozták a horrort.
Perhaps poetry could do justice to the noises heard.
Talán a költészet igazságot tehetne a hallott zajoknak.
Otherwise only madness would help one understand.

Különben csak az őrület segíthetne megérteni.
But Legrasse's plowed on through the black morass.
De Legrasse továbbvágott a fekete mocsáron keresztül.
The sound of the muffled drumming slowly crystalized.
A tompa dobolás hangja lassan kikristályosodott.
And they continued steadily towards the red glare.
És kitartóan haladtak tovább a vörös ragyogás felé.

***

There are vocal qualities specific to men.
Vannak olyan hangbeli tulajdonságok, amelyek kifejezetten a férfiakra jellemzőek.
And there are vocal qualities specific to beasts.
És vannak a vadállatokra jellemző hangbeli tulajdonságok.
It is terrible when one makes the sounds of the other.
Szörnyű, amikor az egyik a másik hangját adja ki.
Animal fury freed them of their human restraint.
Az állati düh megszabadította őket emberi korlátaiktól.
Orgiastic license whipped them into demoniac heights.
Az orgiasztikus szabadság démoni magasságokba korbácsolta őket.
Howls that tore through those perpetually dark woods.
Üvöltések hasítottak át az örökké sötét erdőn.
Squawking ecstasies that echoed in everyone's mind.
Vijjogó extázisok, melyek mindenki fejében visszhangoztak.
Sounds like pestilential tempests from the gulfs of hell.
Úgy hangzik, mint a pokol öbléből tomboló mérges viharok.
Now and then the less organized ululations would cease.
Időnként elhalkultak a kevésbé szervezett jajveszékelések.
A well-drilled chorus of hoarse voices rose in singsong.
Rekedt hangok jól begyakorolt kórusa énekelni kezdett.
And they chanted that hideous phrase of their ritual.
És skandálták rituáléjuk förtelmes mondatát.
"Ph'nglui mglw'nafh Cthulhu R'lyeh wgah'nagl fhtagn"
" Ph'nglui Cthulhu R'lyeh wgah'nagl fhtagn "
Then the men reached a spot where the trees were sparser.

Aztán a férfiak egy olyan helyre értek, ahol ritkábbak voltak a fák.

Suddenly they come in sight of the spectacle itself.

Hirtelen megpillantották magát a látványosságot.

Four of them reeled from the horrible things they saw.

Négyen megtántorodtak a látott szörnyűségektől.

One man fainted, and two were shaken into a frantic cry.

Egy férfi elájult, kettő pedig kétségbeesett sírásban tört ki.

Fortunately their screams were not heard by other ears.

Szerencsére a sikolyaikat mások nem hallották.

The mad cacophony of the orgy deadened their screams.

Az orgia őrült kakofóniája elfojtotta a sikolyaikat.

Legrasse splashed swamp water on the fainting man.

Legrasse mocsárvizet fröcskölt az ájuló férfira.

They stood up again, but nearly hypnotized with horror.

Felálltak újra, de szinte hipnózisban tátongtak a rémülettől.

In a natural glade of the swamp stood a grassy island.

A mocsár egyik természetes tisztásán egy füves sziget állt.

The grassy island extended perhaps for an acre.

A füves sziget talán egy holdnyira kiterjedt.

And the area was clear of trees and tolerably dry.

A terület fáktól mentes és tűrően száraz volt.

A horde of human abnormality leaped and twisted.

Emberi abnormalitások hordája ugrált és tekergett.

No Sime could paint what the men were seeing.

Egyetlen Sime sem tudta volna lefesteni, amit a férfiak láttak.

No Angarola has ever painted such an indescribable scene.

Angarola még soha nem festett ilyen leírhatatlan jelenetet.

The hybrid spawn made a monstrous ring-shaped bonfire.

A hibrid ivadékok hatalmas, gyűrű alakú máglyát raktak magukkal.

They brayed bellowed and writhed about in their nudity.

Bömböltek, üvöltöttek és meztelenül vonaglottak.

Occasionally there were rifts in the curtain of flame.

Időnként repedések támadtak a lángfüggönyben.

And there the object of their worship revealed itself.

És ott feltárult imádatuk tárgya.

In the midst of the fire stood a great granite monolith.
A tűz közepén egy hatalmas gránit monolit állt.
The stone structure was only about eight feet in height.
A kőépítmény mindössze körülbelül nyolc láb magas volt.
And the noxious carven statuette rested on the monolith.
És a káros faragott szobor a monoliton pihent.
The idle was almost incongruous in its diminutiveness.
A tétlenség apróságával szinte össze nem illő volt.
Spaced evenly, scaffolds had been erected around the fire.
Egyenletes távolságra állványzatokat emeltek a tűz köré.
From the scaffolding hung a number of marred bodies.
Az állványzatról számos megrongált test lógott.
The bodies of those that had disappeared from nearby.
Azoknak a holttestei, akik a közelből eltűntek.
It was inside this circle the ring of worshipers were.
voltak az imádkozók gyűrűje .
And they roared and jumped in the frantic trance.
És ordítottak és ugráltak a kétségbeesett transzban.
The general direction of the motion was anti-clockwise.
A mozgás általános iránya az óramutató járásával ellentétes
volt.
The ring of bodies circling around the ring of fire.
A tűzgyűrű körül keringő testek gyűrűje.
One man recollected other details even more concerning.
Az egyik férfi még ennél is aggasztóbb részletekre emlékezett
vissza.
But perhaps the echoes induced him to hear other things.
De talán a visszhangok késztették arra, hogy más dolgokat is
halljon.
He fancied he heard antiphonal responses to the ritual.
Úgy képzelte, antifonikus válaszokat hall a rituáléra.
Noises from an unillumined spot deeper within the woods.
Zajok egy kivilágítatlan helyről az erdő mélyéről.
This man, Joseph D. Galvez, I later met and questioned.
Ezzel az emberrel, Joseph D. Galvezzel később találkoztam és
kihallgattam.
And he proved to indeed be distractingly imaginative.

És valóban zavaróan fantáziadúsnak bizonyult.

He even hinted at the faint beating of great wings.

Még hatalmas szárnyak halk suhogására is utalt.

And he suggested there was a glimpse of shining eyes.

És azt sugallta, hogy csillogó szemeket láthatunk.

And beyond the trees, a mountainous white bulk of something.

És a fákon túl valami hegyomlásszerű, fehér tömeg.

I suppose he had heard too much native superstition.

Gondolom, túl sok bennszülött babonát hallott.

But actually the horrified pause was relatively brief.

De valójában a rémült szünet viszonylag rövid volt.

Duty came first, and they had come to do a job.

A kötelesség volt az első, és ők azért jöttek, hogy elvégezzék a munkájukat.

***

There must have been nearly a hundred mongrel celebrants.

Majdnem száz korcs ünneplő lehetett.

But the police were able to rely on their firearms.

A rendőrök azonban a lőfegyvereikre támaszkodhattak.

And they plunged determinedly into the nauseous rout.

És elszántan vetették magukat bele az émelyítő rohamba.

For five minutes the chaotic din was beyond description.

Öt percig a kaotikus lárma leírhatatlan volt.

Wild blows were struck and shots were fired.

Vad ütések dördültek és lövések dördültek.

Some escaped arrest by running into the darkness.

Néhányan a sötétségbe menekülve menekültek meg a letartóztatás elől.

They had a better knowledge of the layout of the swamp.

Jobban ismerték a mocsár elrendezését.

But Legrasse and his men caught around half of them.

De Legrasse és emberei körülbelül a felét elfogták.

And they counted around forty-seven sullen prisoners.

És körülbelül negyvenhét mogorva foglyot számoltak össze.

They were forced to put on their clothes again.
Kénytelenek voltak újra felvenni a ruháikat.
And they fell into line between two rows of policemen.
És beálltak a sorba két sor rendőr között.
Five of the worshipers lay dead by the fire.
Öt hívő feküdt holtan a tűz mellett.
Two severely wounded prisoners were carried away.
Két súlyosan megsebesült foglyot vittek el.
Of course the image on the monolith was removed.
Természetesen a monolit képét eltávolították.
Legrasse himself took the evidence to the police station.
Legrasse maga vitte a bizonyítékokat a rendőrségre.
The trip back to the headquarters was of intense strain.
A központba visszavezető út rendkívül megterhelő volt.
The men were examined when they got back to civilization.
A férfiakat akkor vizsgálták meg, amikor visszatértek a
civilizációba.
The prisoners all proved to be men of a very low type.
A foglyok mind nagyon alantas típusú embereknek
bizonyultak.
They were all mixed-blooded, and mentally aberrant.
Mindannyian vegyes vérűek voltak, és mentálisan aberráltak.
Most were seamen by trade, or some similar professions.
Legtöbbjük tengerész volt, vagy hasonló foglalkozású.
Negroes and mulattoes were sprinkled among them.
Négerek és mulattok szóródtak közéjük.
But most seemed to be West Indians or Brava Portuguese.
De a legtöbben nyugat-indiaiak vagy brava portugálok voltak.
They primarily came from the Cape Verde Islands.
Elsősorban a Zöld-foki-szigetekről érkeztek.
They gave the heterogeneous cult a coloring of voodooism.
A heterogén kultusznak vudu színezetet adtak.
But there wasn't even a need to ask too many questions.
De nem is volt szükség túl sok kérdést feltenni.
The conclusion quickly became manifest by itself.
A következtetés gyorsan magától nyilvánvalóvá vált.
Something far deeper than negro fetishism was involved.

Valami sokkal mélyebb dolog volt benne, mint a néger fetisizmus.

Although ignorant, but their story was consistent.

Bár tudatlanok voltak, de a történetük következetes volt.

The creatures all spoke of the same central idea.

A lények mind ugyanarról a központi gondolatról beszéltek.

They certainly all shared the same loathsome faith.

Bizonyosan mindannyian ugyanazt az utálatos hitet vallották.

They worshiped, so they said, the great old ones.

Azt mondták, hogy imádták a nagy öregeket.

The great old ones lived long before there were any men.

A nagy öregek jóval azelőtt éltek, hogy bárki is megjelent volna.

And they came to the young world out of the sky.

És az égből jöttek a fiatal világba.

Those old ones were now gone, they explained.

Azok a régiek mostanra eltűntek, magyarázták.

They were now inside the earth and under the sea.

Most már a föld mélyén, a tenger alatt voltak.

But their dead bodies found ways to tell their secrets.

De a holttesteik megtalálták a módját, hogy elmondják titkaikat.

They whispered into the dreams of the first men.

Az első emberek álmaiba suttogtak.

And the first men formed a cult which has never died.

És az első emberek egy olyan kultuszt alapítottak, amely soha nem halt meg.

***

The cult had always existed, and always would exist.

A szekta mindig is létezett, és mindig is létezni fog.

Their followers were hidden in wastes all over the world.

Követőiket világszerte pusztaságokban rejtették el.

Their followers were in dark places explorers overlooked.

Követőik sötét helyeken voltak, amelyeket a felfedezők nem vettek észre.

And they would remain hidden until they were called.
És rejtve maradtak, amíg be nem szólították őket.
When the great priest Cthulhu rises again to the surface.
Amikor a nagy pap, Cthulhu ismét a felszínre emelkedik.
When Cthulhu brings the earth again beneath his sway.
Amikor Cthulhu ismét uralma alá hajtja a földet.
When Cthulhu leaves from his dark house in the mighty city of R'lyeh.
R'lyeh hatalmas városában .
Some day he was going call, when the stars were ready.
Egy nap majd elmegy, amikor a csillagok készen állnak.
And the secret cult will always be waiting to liberate him.
És a titkos szekta mindig arra fog várni, hogy kiszabadítsa őt.
Meanwhile, no more of his story must be told.
Közben a történetéből többet nem szabad elmesélni.
There was a secret even torture could not extract.
Volt egy titok, amit még kínzás sem tudott kideríteni.
Mankind was not alone among the conscious things of earth.
Az emberiség nem volt egyedül a Föld tudatos dolgai között.
Because shapes came out of the dark to visit the faithful few.
Mert alakok bukkantak elő a sötétből, hogy meglátogassák a hűséges keveseket.
But these were not the great old ones.
De ezek nem a nagy öregek voltak.
No man had ever seen the great old ones.
Ember még soha nem látta a nagy öregeket.
The carven idol was of great Cthulhu.
A faragott bálvány a nagy Cthulhut ábrázolta.
None could say whether the others were like him.
Senki sem tudta megmondani, hogy a többiek olyanok-e, mint ő.
No one could read the old writing now.
Manapság senki sem tudta elolvasni a régi írást.
Instead, things were told by word of mouth.
Ehelyett a dolgok szájról szájra terjedtek.
The chanted ritual was not the secret.
Az énekelt rituálé nem volt a titok.

The secret was never spoken aloud, only whispered.
A titkot sosem mondták ki hangosan, csak suttogták.
The chant meant one thing, and one thing alone:
A rigmus egyetlen dolgot jelentett, csakis egyetlen dolgot:
"In his house at R'lyeh dead Cthulhu waits dreaming."
R'lyeh- i házában a halott Cthulhu álmodozva várakozik."
Only two of the prisoners were found sane enough to be hanged.
A foglyok közül csak kettőt találtak elég épelméjűnek ahhoz, hogy felakasszák őket.
The rest of them were committed to various institutions.
A többit különböző intézményekhez rendelték.
All denied to have taken any part in the ritual murders.
Mindannyian tagadták, hogy részt vettek volna a rituális gyilkosságokban.
They said the killing had been done by something else.
Azt mondták, hogy a gyilkosságot valami más követte el.
"The black-winged ones," the each insisted, separately.
„A fekete szárnyúak" – erősködtek külön-külön.
They had come to them from their immemorial meeting-place.
Az ősi találkozóhelyükről jöttek hozzájuk.
They had arisen out from the haunted woodlands.
A kísértetjárta erdőkből emelkedtek ki.
But the stories of mysterious allies were inconsistent.
De a titokzatos szövetségesekről szóló történetek ellentmondásosak voltak.

***

What the police did extract came mainly from one man.
Amit a rendőrség kiszedett, főként egyetlen embertől származott.
An immensely aged mestizo named Castro.
Egy Castro nevű, rendkívül idős mesztic.
He claimed to have sailed to strange ports.
Azt állította, hogy furcsa kikötőkbe hajózott.

And he said he had been to the mountains of China.
És azt mondta, járt Kína hegyeiben.
There he talked with undying leaders of the cult.
Ott beszélgetett a szekta halhatatlan vezetőivel.
Old Castro remembered bits of hideous legend.
Az öreg Castro egy szörnyű legenda foszlányaira emlékezett.
His legends paled the speculations of theosophists.
Legendái eltörpítették a teozófusok spekulációit.
His stories made man seem like a recent creation.
Történetei az embert új keletű teremtménynek ábrázolták.
Even the world was transient in his account of things.
Még a világ is múlandó volt a dolgokról alkotott felfogásában.
There had been eons when other Things ruled on the earth.
Voltak korszakok, amikor más Dolgok uralkodtak a Földön.
And they had had great cities here on the earth.
És hatalmas városaik voltak itt a földön.
The deathless Chinamen told him reserved secrets.
A halhatatlan kínaiak titkokat árultak el neki.
He had told him their ruins could still be found.
Azt mondta neki, hogy a romjaikat még mindig meg lehet
találni.
There were still Cyclopean stones on islands in the Pacific.
Még mindig voltak ciklopi kövek a Csendes-óceán szigetein.
They all died vast epochs of time before man came.
Mindannyian hatalmas korszakokkal az ember megjelenése
előtt meghaltak.
But there were knowledges and practices in ancients arts.
De az ókori művészetekben is voltak ismeretek és
gyakorlatok.
Special rituals which could revive them again, in time.
Különleges rituálék, amelyek idővel újra életre kelthetik őket.
In the cycle of eternity their return was inevitable.
Az örökkévalóság körforgásában a visszatérésük
elkerülhetetlen volt.
When the stars come round again to the right positions
Amikor a csillagok ismét a helyes állásba kerülnek
They had, indeed themselves come from the stars.

Valóban, ők maguk is a csillagokból származtak.
"These great old ones," Castro continued.
– Ezek a nagyszerű öregek – folytatta Castro.
They were not composed entirely of flesh and blood.
Nem voltak teljes egészében húsból és vérből.
They had shape," Castro insisted, confidently.
Volt formájuk" – erősködött Castro magabiztosan.
And he had strange proof for what he believed.
És furcsa bizonyítékai voltak arra, amiben hitt.
But the shape they took on was not made of matter.
De az általuk felvett alak nem anyagból volt.
When the stars were in their right positions.
Amikor a csillagok a megfelelő pozícióban voltak.
Then they could plunge from one world to another.
Akkor átrepülhettek egyik világból a másikba.
Because they can move themselves through the sky.
Mert képesek mozogni az égen keresztül.
But when the stars were wrong, they cannot live.
De amikor a csillagok állása rossz volt, nem élhettek.
And it is true that they no longer live like we do.
És az is igaz, hogy már nem úgy élnek, mint mi.
But despite that, they never really die either.
De ettől függetlenül ők sem halnak meg igazán soha.
They rest in stone houses in their great city of R'lyeh.
Kőházakban nyugszanak nagy városukban, R'lyehben .
They are preserved by the spells of mighty Cthulhu.
A hatalmas Cthulhu varázslatai őrzik meg őket.
So there they lie, unaffected by the passing of time.
Így hát ott fekszenek, mit sem árasztva az idő múlásától.
And they wait for another glorious resurrection.
És várnak egy újabb dicsőséges feltámadásra.
When the stars and earth are ready for them again.
Amikor a csillagok és a föld újra készen állnak majd rájuk.
But they are still dependent on an outside force.
De továbbra is külső erőtől függenek.
A force from outside served to liberate their bodies.
Egy külső erő szolgált testük kiszabadítására.

The spells preserved them and kept them intact.
A varázslatok megőrizték és épségben tartották őket.
But the spells also kept them from breaking free.
De a varázslatok megakadályozták őket a kiszabadulásban is.
So they could only lie awake in the dark and think.
Így hát csak ébren tudtak feküdni a sötétben és gondolkodni.

***

In the meantime uncounted millions of years rolled by.
Közben megszámlálhatatlan évmilliók teltek el.
They knew all that was occurring in the universe.
Tudták mindazt, ami a világegyetemben történik.
Because their mode of speech was transmitted thought.
Mivel a beszédmódjuk gondolat útján terjedt.
Even now they were talking in their tombs.
Még most is a sírboltjukban beszélgettek.
Then, after infinities of chaos, the first men came.
Aztán, végtelen káosz után, megérkeztek az első emberek.
The great old ones spoke to the sensitive among them.
A nagy öregek az érzékenyebbekhez szóltak közöttük.
They spoke to them by molding their dreams.
Úgy beszéltek hozzájuk, hogy formálták az álmaikat.
Only that way could their language reach the fleshly minds
of mammals.
Csak így juthatott el a nyelvük az emlősök testi elméjéhez.
Then, whispered Castro, those first men formed the cult.
Aztán, suttogta Castro, ezek az első férfiak megalapították a
szektát.
They organized themselves around small idols.
Kis bálványok köré szerveződtek.
The small idols which the great ones had shown them.
A kis bálványok, melyeket a nagyok mutattak nekik.
Idols brought from dim eras from dark stars.
Sötét csillagokból homályos korokból hozott bálványok.
That cult would never die till the stars came right again.

Az a szekta addig nem hal meg, amíg a csillagok újra a helyükre nem állnak.

The secret priests were going to take great Cthulhu from His tomb.

A titkos papok el akarták vinni a hatalmas Cthulhut a sírjából.

And they were going to revive His subjects.

És fel akarták éleszteni az Ő alattvalóit.

And then Cthulhu was going to resume His rule of earth.

És akkor Cthulhu folytatni fogja Földi uralmát.

The right time was going to reveal itself quite clearly.

A megfelelő időpont egészen világosan megmutatta magát.

At that time mankind will have become as the great old ones.

Addigra az emberiség olyanná válik, mint a régi nagyok.

They will be free and wild and beyond good and evil.

Szabadok és vadak lesznek, túl a jón és a rosszon.

Laws and morals are going to be thrown aside.

A törvényeket és az erkölcsöt félre fogják tenni.

All men will be shouting and killing and reveling in joy.

Minden férfi ujjongani, ölni és ujjongani fog örömében.

Then the liberated old ones will teach them the new ways.

Aztán a felszabadult öregek megtanítják nekik az új utakat.

New ways to shout and kill and revel and enjoy.

Új módszerek a kiabálásra, az öldöklésre, a mulatozásra és az élvezetre.

And all the earth will flame with a holocaust of ecstasy and freedom.

És az egész föld lángolni fog az eksztázis és a szabadság holokausztjától.

Meanwhile the cult had to practice the appropriate rites.

Eközben a szektának gyakorolnia kellett a megfelelő szertartásokat.

They had to keep alive the memory of those ancient ways.

Élve kellett őrizniük azoknak az ősi szokásoknak az emlékét.

And they had to shadow forth the prophecy of their return.

És árnyékként kellett követniük visszatérésük próféciáját.

In the elder time chosen men spoke with the entombed Old Ones.

A régmúlt időkben kiválasztott emberek beszélgettek az eltemetett Öregekkel.

The entombed Old Ones spoke to them in their dreams.

Az eltemetett Öregek álmaikban beszéltek hozzájuk.

But then something disturbed their means of communication.

De aztán valami megzavarta a kommunikációs eszközeiket.

The great stone in the city R'lyeh had sunk beneath the waves.

R'lyeh városában a hatalmas kő a hullámok alá süllyedt.

And the monoliths and sepulchers were beneath the waters.

A monolitok és a sírboltok pedig a víz alatt voltak.

Deep waters full of the one primal mystery.

Mély vizek, tele az egyetlen ősi rejtéllyel.

Waters through which not even thought can pass.

Vizek, melyeken még a gondolat sem haladhat át.

Water that cut off their spectral communication.

Víz, ami elvágta a spektrális kommunikációjukat.

But the memory of the rites and rituals never died.

De a rítusok és rituálék emléke soha nem halt meg.

And high priests said that the city would rise again.

A főpapok pedig azt mondták, hogy a város újra fel fog emelkedni.

When the stars were right Cthulhu was going to return.

Amikor a csillagok állása megfelelő volt, Cthulhu visszatért.

The moldy black spirits of the earth will come out again.

A föld penészes fekete szellemei újra előjönnek.

Shadowy black spirits full of dim rumors.

Árnyékos fekete szellemek, tele homályos pletykákkal.

***

The spirits collected in caverns beneath forgotten sea-bottoms.

A szellemek elfeledett tengerfenék alatti barlangokban gyűltek
össze.
But of those spirits old Castro dared not speak much.
De ezekről a szellemekről Castro vén nem mert sokat beszélni.
And he hurriedly cut himself off from the topic.
És sietve elvágta magát a témától.
No amount of persuasion could elicit more in this direction.
Semmiféle rábeszélés nem tudott volna többet kiváltani ebbe
az irányba.
No subtlety could convince him to speak of those spirits.
Semmilyen ravaszsággal nem tudta rávenni, hogy beszéljen
ezekről a szellemekről.
**The size of the old ones, too, he curiously declined to
mention.**
A régiek méretét is kíváncsi módon nem volt hajlandó
megemlíteni.
And of the cult he spoke very little too.
És a szektáról is nagyon keveset beszélt.
**He thought the center lay amid the pathless deserts of
Arabia.**
Úgy gondolta, a középpont Arábia úttalan sivatagai között
fekszik.
**There in Irem, the City of Pillars, dreams hidden and
untouched.**
Ott Iremben, az Oszlopok Városában, az álmok rejtőznek és
érintetlenek.
This cult was not allied to the European witch-cult.
Ez a kultusz nem állt szövetségben az európai
boszorkánykultusszal.
And the cult was virtually unknown beyond its members.
A szekta tagjain kívül gyakorlatilag ismeretlen volt.
No book had ever really hinted of their knowledge.
Egyetlen könyv sem utalt igazán a tudásukra.
**Though the deathless Chinamen said the mad Arab Abdul
Alhazred came close.**
Bár a halhatatlan kínaiak azt mondták, hogy az őrült arab
Abdul Alhazred majdnem járt.

He said that there were double meanings in his
Necronomicon.
Azt mondta, hogy a Necronomiconjában kettős jelentés van.
The initiated were free to read it if they wanted to.
A beavatottak szabadon olvashatták, ha akarták.
And they should pay attention to one couplet in particular.
És különösen egy versszakra kellene figyelniük.
"That which is not dead can sleep for eternity,"
"Ami nem halt, az örökké aludhat"
"And with strange eons even death may die."
„És furcsa korszakokkal még a halál is meghalhat.”
Legrasse had been deeply impressed by what he heard.
Legrasse-t mélyen lenyűgözték a hallottak.
And he was not a little bewildered by the tale.
És nem kicsit zavarba hozta a történet.
He inquired in vain about the historic affiliations of the cult.
Hiába érdeklődött a szekta történelmi hovatartozása felől.
Castro, apparently, had told the truth about the oath of
secrecy.
Castro nyilvánvalóan igazat mondott a titoktartási esküről.
The authorities at Tulane University could not offer much
help either.
A Tulane Egyetem hatóságai sem tudtak sok segítséget
nyújtani.
The were not able to shed no light upon neither cult, nor the
image.
Nem tudtak fényt deríteni sem a kultuszra, sem a képre.
And now the detective had come to the highest authorities in
the country.
És most a nyomozó az ország legfelsőbb hatóságaihoz
érkezett.
And he heard none other than Professor Webb' tale in
Greenland.
És nem mást hallott, mint Webb professzor történetét
Grönlandon.

***

Legrasse's tale aroused feverish interest at the meeting.
Legrasse története lázas érdeklődést keltett a gyűlésen.
The story was not only significant in its implications.
A történet nemcsak a következményei miatt volt jelentős.
But the story was also corroborated by the statuette.
De a történetet a szobrocska is megerősítette.
The excitement echoed in the subsequent correspondence.
Az izgalom visszhangzott a későbbi levelezésben is.
Those who attended stayed in close contact with each other.
Akik részt vettek, szoros kapcsolatban maradtak egymással.
Although scant mention occurs in the formal publications.
Bár a hivatalos kiadványokban kevés említés történik.
Caution is the first care of those accustomed to charlatanry.
Az óvatosság az elsődleges szempont azok számára, akik
hozzászoktak a sarlatánsághoz.
Impostures are kept out as much as it is possible.
A szélhámosokat amennyire csak lehet, távol tartják.
Legrasse for some time lent the image to Professor Webb.
Legrasse egy időre kölcsönadta a képet Webb professzornak.
But at the latter's death the image was returned to him.
De az utóbbi halálakor a kép visszakerült hozzá.
And the image remains in Legrasse's possession.
És a kép Legrasse birtokában marad.
This is where I viewed the terrible image not long ago.
Itt láttam nemrég azt a szörnyű képet.
The image is unmistakably akin to Wilcox' dream-sculpture.
A kép félreérthetetlenül hasonlít Wilcox álomszobrához.
It was no wonder my uncle was so excited by his tale.
Nem csoda, hogy a nagybátyámat annyira izgatta a története.
And I'm not surprised he made the efforts he made.
És nem csodálom, hogy megtette a szükséges erőfeszítéseket.
He had heard everything Legrasse knew of the cult.
Mindent hallott, amit Legrasse a szektáról tudott.
And the strange cultish dreams of a sensitive young man.
És egy érzékeny fiatalember furcsa, kultikus álmai.
The bas-relief just like the one from the swamp.

A dombormű, pont olyan, mint a mocsárból.
The addition of the devil tablet in Greenland.
Az ördögtábla hozzáadása Grönlandon.
The exact same words used in three remote occurrences.
Pontosan ugyanazok a szavak használták három távoli
esetben is.
The Eskimo diabolists, the mongrels in Louisiana, and then Wilcox.
Az eszkimó ördögök, a louisianai korcsok, majd Wilcox.
What other conclusion could one possibly have come to?
Milyen más következtetésre juthatott volna az ember?
It's only natural Professor Angel pursued this conclusion.
Természetes, hogy Angel professzor erre a következtetésre
jutott.
And I wouldn't have expected him to be less thorough.
És nem is vártam volna tőle kevésbé alaposat.
My great-uncle was a man of principled academic rigor.
A nagybátyám elvhű, szigorú tanulmányi ember volt.
Though privately I also had other plausible theories.
Bár magamban más elfogadható elméleteim is voltak.
I suspected young Wilcox of having heard of the cult.
Gyanítottam, hogy a fiatal Wilcox hallott már a szektáról.
Maybe he had heard of the cult in some indirect way.
Talán valamilyen közvetett módon hallott már a szektáról.
He could easily have invented a series of dreams.
Könnyen kitalálhatott volna egy sor álmot.
That way he could heighten and continue the mystery.
Így fokozhatta és folytathatta a rejtélyt.
The dream-narratives and cuttings collected did of course corroborate.
A begyűjtött álomelbeszélések és kivágások természetesen
alátámasztották ezt.
But the rationalism of my mind had not yet been satisfied.
De elmém racionalizmusa még nem kielégült.
Coincidences can form highly believable illusions too.
A véletlenek is nagyon hihető illúziókat teremthetnek.

And we have to bear in mind the extravagance of the whole subject.

És szem előtt kell tartanunk az egész téma extravaganciáját.

So I was led to adopt what I thought the most sensible conclusions.

Így arra kényszerültem, hogy a legésszerűbbnek ítélt következtetéseket vonjam le.

I thoroughly studied the manuscript from the beginning.

A kéziratot a kezdetektől fogva alaposan tanulmányoztam.

And I correlated the theosophical and anthropological notes.

És összefüggésbe hoztam a teozófiai és antropológiai jegyzeteket.

I compared the literature with the cult narrative of Legrasse.

Legrasse kultusznarratívájával hasonlítottam össze .

I made a trip to Providence to see the sculptor.

Elutaztam Providence-be, hogy megnézzem a szobrászt.

And I intended to give him the rebuke I thought proper.

És szándékomban állt megadni neki a megfelelőnek ítélt feddést.

There must be consequences, I felt, for the trick he played.

Úgy éreztem, következményekkel kell járnia a trükkjének.

He had boldly imposed himself upon a learned and aged man.

Bátran rákényszerült egy tanult és idős emberre.

***

Wilcox still lived alone where my uncle had met him.

Wilcox még mindig egyedül élt ott, ahol a nagybátyám megismerte.

In the Fleur-de-Lys Building in Thomas Street.

A Thomas utcában található Fleur-de-Lys épületben.

A hideous Victorian imitation of Seventeenth Century Breton architecture.

A tizenhetedik századi breton építészet förtelmes viktoriánus utánzata.

The building flaunted its stuccoed front amidst its surroundings.
Az épület stukkóhomlokzatával büszkélkedhetett a környezete között.
There were lovely Colonial houses on the ancient hill.
Gyönyörű gyarmati házak álltak az ősi dombon.
And the house stood under the shadow of the finest Georgian steeple in America.
A ház Amerika legszebb georgiánus templomtornyának árnyékában állt.
I found him at work in his rooms, among his sculptures.
Munka közben találtam rá a szobáiban, a szobrai között.
The specimens scattered came from a very unique mind.
A szétszórt példányok egy nagyon egyedi elme munkatársai voltak.
At once I conceded that his genius is indeed profound and authentic.
Azonnal elismertem, hogy zsenialitása valóban mély és hiteles.
He has crystallized in clay that which Arthur Machen evokes in prose.
Agyagban kristályosította azt, amit Arthur Machen prózában idéz fel.
He mirrored in marble the nightmares Clark Ashton Smith put to canvas.
Márványban tükrözte azokat a rémálmokat, amelyeket Clark Ashton Smith vászonra vetett.
He will, I believe, be spoken of one day as one of the great decadents.
Úgy hiszem, egy napon úgy fognak róla beszélni, mint a nagy dekadensek egyikéről.
He was dark, frail, and somewhat unkempt in aspect.
Sötét, törékeny és kissé ápolatlan arcú volt.
He turned languidly at my knock on his door.
Lomtalanul fordult meg a kopogásomra.
He didn't rise from his seat when I came in.
Nem kelt fel a székéből, amikor bejöttem.

And he asked me what the purpose of my visit was.
És megkérdezte, hogy mi a látogatásom célja.
When I told him who I was his interest was piqued.
Amikor elmondtam neki, hogy ki vagyok, felkeltette az
érdeklődését.
**My uncle had excited his curiosity by probing his strange
dreams.**
Nagybátyám felkeltette a kíváncsiságát azzal, hogy kutatta a
furcsa álmait.
Although he had never explained the reason for the study.
Bár soha nem magyarázta meg a tanulmány okát.
I did not enlarge his knowledge in this regard.
Nem bővítettem a tudását ebben a tekintetben.
But I sought with some subtlety to gain his confidence.
De némi ravaszsággal igyekeztem elnyerni a bizalmát.
In a short time I became convinced of his absolute sincerity.
Rövid idő alatt meggyőződtem az őszinteségéről.
He spoke of the dreams in a manner none could mistake.
Úgy beszélt az álmokról, hogy senki sem tudta félreérteni.
**His dreams' subconscious residuum had influenced his art
profoundly.**
Álmai tudatalatti maradványai mélyen befolyásolták
művészetét.
**He showed me a morbid statue of the likes I had never seen
before.**
Egy morbid szobrot mutatott nekem, olyanokat, amilyet még
soha nem láttam.
The statue's contours almost made me shake with fear.
A szobor körvonalaitól majdnem megremegtem a félelemtől.
**The potency of the statue's black suggestion was
overbearing.**
A szobor fekete sugallásának ereje lenyűgöző volt.
He could not recall having seen the original of this thing.
Nem emlékezett rá, hogy látta volna ennek az eredeti
példányát.
But the statue was inspired by his own dream bas-relief.
De a szobrot a saját álmaiban készült dombormű ihlette.

The outlines had formed themselves insensibly under his hands.

A körvonalak észrevétlenül formálódtak ki a keze alatt.

It was, no doubt, the giant shape he had raved of in delirium.

Kétségtelenül az az óriási alak volt, amelyikről delíriumában áradozott.

That he really knew nothing of the hidden cult he soon made clear.

Hogy valójában semmit sem tudott a rejtett szektáról, azt hamarosan világossá tette.

Only my uncle's relentless catechism had given him some clues,

Csak a nagybátyám kérlelhetetlen katekizmusa adott neki némi támpontot,

And again I strove to explain the obvious conclusions away.

És ismét megpróbáltam elhessegetni a nyilvánvaló következtetéseket.

How he could possibly have received the weird impressions?

Hogyan kaphatott ilyen furcsa benyomásokat?

He talked of his dreams in a strangely poetic fashion.

Furcsán költői módon beszélt az álmairól.

He made me see with terrible vividness the vistas of his dream.

Szörnyű élénkséggel tárta elém álma látképét.

The damp Cyclopean city of slimy green stone.

A nyirkos, nyálkás zöld kőből épült ciklop város.

The geometry he oddly said, was all wrong.

A geometria, ahogy furcsa módon mondta, teljesen hibás volt.

And he spoke of what he heard with frightened expectancy.

És rémült várakozással beszélt a hallottakról.

The ceaseless, half-mental calling from underground:

A szüntelen, félig mentális hívás a föld alól:

"Cthulhu fhtagn... Cthulhu fhtagn"

"Cthulhu támadása ... Cthulhu támadása "

These words had formed part of that dreaded ritual.

Ezek a szavak részei voltak annak a rettegett rituálénak.

The ritual the told of dead Cthulhu's dream-vigil.

A halott Cthulhu álomvirrasztásáról szóló rituálé.

The ritual that told of his stone vault at R'lyeh.

a r'lyeh-i kőboltozatáról mesélt .

And I felt deeply moved, despite my rational beliefs.

És mélyen meghatottnak éreztem magam, racionális meggyőződéseim ellenére.

Wilcox, I was sure, had heard of the cult in some casual way.

Biztos voltam benne, hogy Wilcox valamilyen véletlenszerű módon hallott a szektáról.

He spent his time in a mass of equally weird literature.

Idejét egy hasonlóan furcsa irodalom tömkelegében töltötte.

He must have forgotten the source of his knowledge.

Biztosan elfelejtette tudása forrását.

Later the cult had found subconscious expression in his dreams.

Később a szekta tudatalatti kifejeződésre talált az álmaiban.

But this is natural when stories are so impressive.

De ez természetes, amikor a történetek ennyire lenyűgözőek.

Finally the cult's ideas manifested themselves in the bas-relief.

Végül a szekta eszméi a domborműben nyilvánultak meg.

And now the subject of the cult manifested itself in the terrible statue.

És most a kultusz tárgya a szörnyű szoborban nyilvánult meg.

I was convinced his imposture upon my uncle had been very innocent.

Meg voltam győződve róla, hogy a nagybátyámmal szembeni szélhámossága teljesen ártatlan volt.

He both slightly affected, and slightly ill-mannered.

Kissé affektált és kissé rossz modorú volt.

He had a disposition which I could never like.

Olyan természete volt, amit sosem tudtam volna kedvelni.

But I was willing enough now to admit his genius.

De most már elég hajlandó voltam elismerni a zsenialitását.

And I have no way of denying his honesty either.

És az őszinteségét sem tudom tagadni.

Despite my initial feelings, I took leave of him amicably.

Kezdeti érzéseim ellenére barátságosan elbúcsúztam tőle.

And I wish him all the success his talent promises.

És minden olyan sikert kívánok neki, amit a tehetsége ígér.

***

The matter of the cult continued to fascinate me.

A szekta kérdése továbbra is lenyűgözött.

At times I had visions of the personal fame I could attain.

Időnként látomásaim voltak arról a személyes hírnévről, amelyet megszerezhetnék.

I visited New Orleans and talked with Legrasse.

Ellátogattam New Orleansba és beszéltem Legrasse- szal .

And I spoke with other policemen of that swamp raid.

És beszéltem más rendőrökkel arról a mocsári rajtaütésről.

I saw the frightful image with my own eyes.

Saját szememmel láttam a hátborzongató képet.

And I even questioned some of the surviving mongrel prisoners.

És még néhány túlélő korcs foglyot is kikérdeztem.

Old Castro, unfortunately, had been dead for some years.

Az öreg Castro sajnos már néhány éve halott volt.

What I now heard so graphically at first hand excited me afresh.

Amit most olyan szemléletesen, első kézből hallottam, újra izgalomba hozott.

Though it was really no more than a detailed confirmation.

Bár igazából nem volt több egy részletes megerősítésnél.

What they told me I had already read in my uncle's notes.

Amit mondtak, azt már olvastam a nagybátyám jegyzeteiben.

I felt sure that I was on the track of a very real secret.

Biztos voltam benne, hogy egy nagyon is valós titok nyomában járok.

And I was sure I was going to discover a very ancient religion.

És biztos voltam benne, hogy egy nagyon ősi vallásra fogok bukkanni.

The discovery would make me an anthropologist of note.

A felfedezés neves antropológussá tenne engem.

My attitude was still one of absolute rational materialism.

A hozzáállásom továbbra is a feltétlen racionális materializmusé volt.

And I wish my attitude to the subject matter had not changed.

És bárcsak ne változott volna a témához való hozzáállásom.

I discounted with almost inexplicable perversity the coincidences.

Szinte megmagyarázhatatlan perverzitást mutatva elvetettem a véletlen egybeeséseket.

The dream notes and odd cuttings collected by Professor Angell.

Angell professzor által gyűjtött álomjegyzetek és furcsa kivágások.

One thing I began to doubt was the cause of my uncle's death.

Egy dologban kezdtem kételkedni: a nagybátyám halálának oka.

I began to suspect his death was far from natural.

Kezdtem gyanítani, hogy a halála korántsem volt természetes.

And I now fear I know my uncle's death was not natural.

És most attól tartok, tudom, hogy a nagybátyám halála nem természetes volt.

It was on a narrow hill street where he fell.

Egy keskeny, dombos utcában esett el.

The street lead up from the ancient waterfront.

Az utca a régi vízpartról vezetett felfelé.

The port-town swarms with foreign mongrels.

A kikötőváros hemzseg a külföldi korcsoktól.

He fell after a careless push from a negro sailor.

Egy néger tengerész óvatlan lökése után esett el.

I had not forgotten the mixed blood of the cult-members in Louisiana.

Nem felejtettem el a louisianai szekta tagjainak kevert vérűségét.

I had not forgotten the sailors in the voodoo orgy.

Nem feledkeztem meg a tengerészekről a vudu orgiában.

And would not be surprised to learn that they had other knowledge too.

És nem lennék meglepve, ha megtudnám, hogy más ismeretekkel is rendelkeznek.

Secret methods as anciently known as the cryptic rites.

Titkos módszerek, ahogyan azt ősidőkben kriptikus rítusoknak nevezték.

Poison needles as ruthless their demonic beliefs.

A mérges tűk ugyanolyan könyörtelenek démoni hiedelmeik szerint.

Legrasse and his men, it is true, have been let alone.

Legrasse-t és embereit, igaz, békén hagyták.

But in Norway a certain seaman who saw things is dead.

De Norvégiában meghalt egy bizonyos tengerész, aki látott dolgokat.

Might not sinister ears have picked up my uncle's interest in the sculptor?

Nem vehették észre baljós fülek a nagybátyám érdeklődését a szobrász iránt?

Might not the deeper inquiries of my uncle have drawn someone's attention?

Nem kelthették volna fel valakinek a figyelmét a nagybátyám mélyebb kérdései?

I think Professor Angell died because he knew too much.

Szerintem Angell professzor azért halt meg, mert túl sokat tudott.

Or he died because he was likely to learn too much.

Vagy azért halt meg, mert valószínűleg túl sokat fog tanulni.

Whether I shall go out as he did remains to be seen.

Hogy én is úgy megyek-e ki, mint ő, az még a jövő zenéje.

Because I too have learned much about Cthulhu.

Mert én is sokat tanultam Cthulhuról.

The Madness from the Sea
Az őrület a tengerből

There is one great boon heaven could grant me.
Van egy nagy áldás, amit az ég megadhat nekem.
The total effacing of the results of a mere chance.
Egy puszta véletlen eredményeinek teljes eltüntetése.
I wish I had never seen that stray piece of paper.
Bárcsak sose láttam volna azt az elkóborolt papírdarabot.
My daily routine would normally not have taken me there.
A napi rutinom normális esetben nem ebbe az irányba vitt
volna.
On any other day I would not have noticed anything.
Bármely más napon semmit sem vettem volna észre.
It was an old number of an Australian journal.
Egy ausztrál folyóirat régi száma volt.
The Sydney Bulletin for April 18, 1925
A Sydney Bulletin 1925. április 18-i száma
The paper had even slipped past the cutting bureau.
A papír még a vágóasztal mellett is elhaladt.
I had largely given over my inquiries to a friend.
A kérdéseimet nagyrészt átadtam egy barátomnak.
He had taken on the work of most of the research.
A kutatás nagy részét magára vállalta.
He had come to refer to the group as the "Cthulhu Cult".
A csoportot "Cthulhu Kultuszként" kezdte emlegetni.
I was visiting my learned friend of Paterson, New Jersey.
Tanult barátomat látogattam meg Patersonban, New Jersey
államban.
The curator of a local museum, and a mineralogist of note.
Egy helyi múzeum kurátora és neves ásványkutató.
While at his museum I had access to the reserved specimens.
Míg a múzeumában voltam, hozzáférhettem a védett
példányokhoz.
And this is when an odd picture caught my attention.
És ekkor egy furcsa kép vonta magára a figyelmemet.

Beneath one of the stones was the Sydney Bulletin I mentioned.

Az egyik kő alatt ott volt a már említett Sydney Bulletin.

My friend has wide affiliations in all conceivable foreign lands.

A barátomnak széleskörű kapcsolatai vannak minden elképzelhető külföldi országban.

The picture was a half-tone cut of a hideous stone image.

A kép egy förtelmes kőszobor félárnyékos kivágása volt.

Almost identical with the stone Legrasse had found in the swamp.

Majdnem ugyanolyan, mint a kő, amit Legrasse a mocsárban talált.

Eagerly I read the article for its precious contents.

Lelkesen olvastam el a cikket, értékes tartalma miatt.

But I was disappointed to find that it was just a short article.

De csalódtam, amikor rájöttem, hogy ez csak egy rövid cikk volt.

Although brief, the information was of portentous significance.

Bár rövid volt, az információ rendkívüli jelentőséggel bírt.

***

"MYSTERY DERELICT FOUND AT SEA"
"REJTÉLYES HANYATLAN TALÁLT TENGEREN"

Vigilant Arrives With Helpless Armed New Zealand Yacht in Tow.

Vigilant érkezik tehetetlen felfegyverzett új-zélandi jachttal vontatottan.

One Survivor and one Dead Man Found Aboard.

Egy túlélőt és egy holttestet találtak a fedélzeten.

Tale of Desperate Battle and Deaths at Sea.

Kétségbeesett csaták és halálesetek története a tengeren.

Rescued Seaman Refuses Particulars of Strange Experience.

Egy megmentett tengerész nem hajlandó beszámolni különös élményéről.

Odd Idol Found in His Possession, Inquiry to Follow.

Furcsa bálványt találtak a birtokában, a vizsgálat következik.

The Alert of Dunedin yacht, N.Z., had been disabled in battle.

Az új-zélandi Dunedin Alert jachtot a csatában megsemmisítették.

Previously the ship had left from Valparaiso on March 25th.

A hajó korábban, március 25-én indult el Valparaisóból.

On April 2nd the ship was driven considerably south of her course.

Április 2-án a hajó jelentősen délre sodródott a tervezett útvonalától.

Exceptionally heavy storms had redirected the ship.

Kivételesen heves viharok térítették el a hajót.

Monster waves forced the ship to take a different route.

A hatalmas hullámok arra kényszerítették a hajót, hogy más útvonalat vegyen igénybe.

On April 12th the ship was sighted by another ship.

Április 12-én egy másik hajó is megpillantotta a hajót.

Latitude 34° 21', Longitude 152° 17'

Szélesség 34° 21', Hosszúság 152° 17'

Initially they thought the ship had been deserted.

Először azt hitték, hogy a hajót elhagyták.

But one still living man had been found on board.

De egy még élő férfit találtak a fedélzeten.

This lone survivor was in a half-delirious condition.

Ez az egyetlen túlélő félig delíriumszerű állapotban volt.

The only other victim found was a man already dead a week.

Az egyetlen másik megtalált áldozat egy már egy hete halott férfi volt.

Now the heavily armed steam yacht was being towed.

Most a nehézfegyverzetű gőzjachtot vontatták.

And this morning the ship was coming in to its wharf.

És ma reggel a hajó befutott a mólóra.

The living man was clutching a horrible stone idol.

Az élő férfi egy szörnyű kőszobrot szorongatott.

The stone idol was about a foot in height.

A kőszobor körülbelül egy láb magas volt.

And the origins of the stone were completely unknown.

És a kő eredete teljesen ismeretlen volt.

Authorities at Sydney university were baffled.

A Sydney-i Egyetem hatóságai értetlenül álltak az ügy előtt.

The Royal Society couldn't offer information about the idol.

A Királyi Társaság nem tudott információt adni a szobrról.

And the Museum in College street had no insights either.

És a College utcai múzeumnak sem volt betekintése.

The survivor says he found the stone in the cabin of the yacht.

A túlélő azt mondja, hogy a követ a jacht kabinjában találta.

Allegedly the idol was in a small carved shrine.

Állítólag a bálvány egy kis faragott szentélyben volt.

And the carvings of the shrine were of common pattern.

A szentély faragásai pedig közös mintát követtek.

This man eventually recovered back to his senses.

Ez a férfi végül magához tért.

And he told an exceedingly strange story of piracy and slaughter.

És egy rendkívül különös történetet mesélt kalózkodásról és mészárlásról.

He is Gustaf Johansen, a Norwegian of some intelligence.

Ő Gustaf Johansen, egy némileg intelligens norvég.

And he had been second mate of the two-masted schooner Emma of Auckland.

És ő volt a második tiszt az aucklandi Emma kétárbocos szkúneren.

The ship sailed for Callao February 20th, manned by eleven sailors.

A hajó február 20-án futott be Callao felé, tizenegy matrózzal a fedélzetén.

The ship, he says, was delayed and thrown widely south of her course.

A hajó, mondja, késett, és szélesen délre dőlt a pályájától.

There was a great storm on March 1st, and on March 22nd.

Március 1-jén és március 22-én nagy vihar volt.

On their journey they encountered another ship.

Útjuk során egy másik hajóval találkoztak.

This was in S. Latitude 49° 51′, W. Longitude 128° 34′

Ez a déli szélesség 49° 51′, a nyugati hosszúság 128° 34′ koordinátáin volt.

This ship was manned by a queer and evil-looking crew.

Ezt a hajót furcsa és gonosz külsejű legénység szolgálta.

All the men were of Kanakas and half-castes.

A férfiak mind kanakák és félvérek voltak.

Being ordered peremptorily to turn back, Capt. Collins refused.

Miután parancsot kapott a visszafordulásra, Collins kapitány ezt megtagadta.

Without warning the strange crew began to shoot savagely upon the schooner.

A különös legénység minden figyelmeztetés nélkül vadul lövöldözni kezdett a szkúnerre.

They shot a peculiarly heavy battery of brass cannon.

Egy különösen nehéz rézágyúüteget lőttek ki.

The men from his ship showed fighting spirit, says the survivor.

A hajójáról érkezett emberek harci szellemről tettek tanúbizonyságot – mondja a túlélő.

The schooner began to sink from shots beneath the waterline.

A szkúner süllyedni kezdett a vízvonal alatti lövésektől.

But they managed to heave alongside their enemy boat, and board her.

De sikerült az ellenséges hajó mellé ugraniuk, és felszállniuk rá.

They grappled with the savage crew on the yacht's deck.

Megküzdöttek a vad legénységgel a jacht fedélzetén.

Their mode of fighting seemed to be strangely clumsy.

A harcmodjuk furcsán esetlennek tűnt.

But defeat did not seem to be an option for these savage men.

De a vereség nem tűnt lehetségesnek ezeknek a vadembereknek.

They had a particularly abhorrent and desperate way of fighting.

Különösen utálatos és kétségbeesett harcmodoruk volt.

So they had no choice but to kill all men of the enemy ship.

Így nem volt más választásuk, mint megölni az ellenséges hajó összes emberét.

Three of their men were also killed in the fight.

Három emberük is életét vesztette a harcban.

Capt. Collins and First Mate Green were among the dead.

Collins kapitány és Green első tiszt a halottak között volt.

Second Mate Johansen took over control from First Mate Green.

Johansen másodtiszt vette át az irányítást Green elsőtiszttől.

And the remaining eight men proceeded to navigate the captured yacht.

A maradék nyolc férfi pedig tovább navigálta az elfogott jachtot.

They proceeded to continue in the original direction they were going.

Továbbmentek az eredeti, kitűzött irányban.

To see if there had been any reason they were ordered to turn around.

Hogy kiderüljön, volt-e bármi okuk arra, hogy megforduljanak.

***

The next day, it appears, they landed on a small island.

Másnap, úgy tűnik, egy kis szigetre értek.

Although no island is known to exist in that part of the ocean.

Bár az óceánnak azon a részén egyetlen sziget sem ismert.

Six of the men somehow died ashore while on the island.

A férfiak közül hatan valahogyan partra vesztették életüket a szigeten tartózkodásuk alatt.

Though Johansen is queerly reticent about this part of his story.

Bár Johansen furcsa módon tartózkodóan nyilatkozik történetének erről a részéről.

And he speaks only of their falling into a rock chasm.

És csak arról beszél, hogy egy sziklaszirtbe zuhantak.

Later, it seems, he and one companion boarded the yacht.

Később, úgy tűnik, ő és egyik társa felszállt a jachtra.

Together they tried to sail the ship, undermanned.

Együtt próbálták irányítani a hajót, alulférgesen.

But they were beaten about by the storm of April 2nd.

De az április 2-i vihar megverte őket.

From that time till his rescue on the 12th, the man remembers little.

Ettől az időtől a 12-i megmentéséig a férfi kevésre emlékszik.

And he does not even recall when William Briden, his companion, died.

És arra sem emlékszik, mikor halt meg William Briden, a társa.

Autopsy could reveal no obvious cause to Briden's death.

A boncolás nem tudott egyértelmű okot találni Briden halálára.

The most likely cause of death is exposure to the elements.

A halál legvalószínűbb oka az elemeknek való kitettség.

The Dunedin reported that their boat, the Alert, was well known.

A dunediek arról számoltak be, hogy hajójuk, az Alert, közismert.

The island traders bore an evil reputation along the waterfront.

A sziget kereskedői rossz hírnévnek örvendtek a vízparton.

The ship was owned by a curious group of half-castes.

A hajót egy különös félvérű csoport birtokolta.

Frequent meetings and night trips to the woods attracted curiosity.

A gyakori találkozók és az erdőbe tett éjszakai kirándulások felkeltették a kíváncsiságot.

The ship had set sail in great haste on March 1st.

A hajó nagy sietve indult útnak március 1-jén.

Just after the storm, and the earth tremors that night.

Közvetlenül a vihar után, és aznap éjjel remegett a föld.

Our Auckland correspondent gives the Emma excellent reputation.

Aucklandi tudósítónk kiváló hírnévnek örvend az Emmának.

The Crew from the Emma were held very in high regard.

Az Emma legénységét nagyon nagyra becsülték.

And Johansen is described as a sober and worthy man.

Johansent pedig józan és becsületes emberként írják le.

The admiralty will institute an inquiry on the whole matter.

Az admiralitás vizsgálatot fog indítani az egész ügyben.

Starting tomorrow they will collect all relevant information.

Holnaptól kezdve minden releváns információt begyűjtenek.

Every effort will be made to induce Johansen to speak.

Minden erőfeszítést megtesznek, hogy Johansent megszólalásra bírják.

This and the hellish image were all the information I had to go on.

Ez és a pokoli kép volt minden információ, amire támaszkodhattam.

But what a train of ideas that little information started in my mind!

De micsoda ötletáradatot indított el az agyamban az a kevés információ!

Here were new treasuries of data on the Cthulhu Cult.

Itt voltak az új adatkincstárak a Cthulhu kultuszról.

The cult not only had interests on land.

A szektának nemcsak szárazföldi érdekeltségei voltak.

Now there was evidence they also had connections to the sea.

Most már bizonyítékok is voltak arra, hogy kapcsolatban álltak a tengerrel.

What motive prompted the hybrid crew to order back the Emma?

Mi késztette a hibrid legénységét, hogy visszarendeljék az Emmát?

Why did they sail about with their hideous idol?

Miért vitorláztak förtelmes bálványukkal?

What was the unknown island on which six of the Emma's crew had died?

Melyik volt az az ismeretlen sziget, amelyen az Emma legénységének hatan tagja meghalt?

And why was Johansen so secretive about their death?

És miért titkolózt Johansen a halálukkal kapcsolatban?

What had the vice-admiralty's investigation brought out?

Mit állapított meg az altengernagyság vizsgálata?

And what was known of the noxious cult in Dunedin?

És mit tudtak a dunedini ártalmas szektáról?

Nor could one help but marvel at the timing of the events.

Az események időzítésén sem lehetett nem csodálkozni.

There was a deep and more than natural linkage between the dates.

Mély és több mint természetes kapcsolat volt a dátumok között.

A malign and now undeniable significance to the various turns of events.

Kártékony és most már tagadhatatlan jelentősége van az események különböző fordulatainak.

***

My uncle had noted with great care the connecting events.

A nagybátyám nagy gonddal feljegyezte az összefüggő eseményeket.

On March 1st the earthquake and storm had come.

Március 1-jén földrengés és vihar tört ki.

February 28th, according to the International Date Line.

február 28-án, a nemzetközi dátumválasztó vonal szerint.

From Dunedin the noisome crew of the Alert darted eagerly forth.

Dunedinből az Alert zajos legénysége mohón előretört.

They moved as if they had been imperiously summoned.

Úgy mozogtak, mintha parancsolóan szólították volna őket.

On the other side of the earth the other events unfolded.

A Föld másik felén más események zajlottak.

Poets and artists had begun to have their strange dreams.

Költők és művészek kezdtek furcsa álmokat álmodni.

Dreams of a dank Cyclopean city from times long gone.

Réges-régi időkből származó, nyirkos, ciklop városról szőtt álmok.

A young sculptor was persuaded by these dreams too.

Egy fiatal szobrászt is meggyőztek ezek az álmok.

In his sleep he molded the form of the dreaded Cthulhu.

Álmában megformálta a rettegett Cthulhu alakját.

On March 23rd the crew of the Emma landed on an unknown island.

Március 23-án az Emma legénysége egy ismeretlen szigeten kötött ki.

There on that island they left six men dead.

Ott azon a szigeten hat férfit hagytak holtan.

On that date the dreams of sensitive men assumed a heightened vividness.

Azon a napon az érzékeny férfiak álmai fokozottan élénkek lettek.

Their dreams darkened with dread of a giant monster's malign pursuit.

Álmaikat elsötétítette a rettegés egy óriási szörnyeteg gonosz üldözésétől.

One architect went mad from his dreams that night.

Azon az éjszakán egy építész megőrült álmából.

And a sculptor had lapsed suddenly into delirium!

És egy szobrász hirtelen delíriumba esett!

And then there was the storm of April 2nd.

Aztán ott volt az április 2-i vihar.

The date on which all dreams of the dank city ceased.

A nap, amikor a nyirkos városról szőtt összes álom
szertefoszlott.
**Wilcox emerged unharmed from the bondage of strange
fever.**
Wilcox sértetlenül került ki a különös láz fogságából.
And everything appeared to be normal again.
És minden újra normálisnak tűnt.
But what about the hints old Castro had suggested?
De mi a helyzet az öreg Castro utalásaival?
What about the sunken, star-born old ones?
Mi a helyzet az elsüllyedt, csillagok szülte öregekkel?
What about their promised return and coming reign?
Mi a helyzet az ígért visszatérésükkel és az eljövendő
uralkodásukkal?
What about their faithful cult and their mastery of dreams?
Mi a helyzet a hűséges kultuszukkal és az álmok feletti
uralmukkal?
Was I tottering on the brink of cosmic horrors?
Kozmikus borzalmak szélén tántorogtam?
Cosmic horrors far beyond man's power to bear?
Kozmikus borzalmak, amelyek messze meghaladják az emberi
erőt?
If so, they must be horrors of the mind alone.
Ha így van, akkor ezek csak az elme borzalmai lehetnek.
On the second of April there was sudden coordinated calm.
Április másodikán hirtelen, összehangolt csend lett.
**The monstrous menace that sieged mankind's soul had
vanished.**
A szörnyű fenyegetés, amely az emberiség lelkét ostromolta,
eltűnt.
**That evening I made all necessary arrangements for onwards
travel.**
Aznap este minden szükséges előkészületet megtettem az
utazáshoz.
I bade my host adieu and took a train for San Francisco.
Elbúcsúztam a házigazdától, és vonatra szálltam, hogy San
Franciscóba menjek.

***

In less than a month I was at the port of Dunedin.

Kevesebb mint egy hónap múlva Dunedin kikötőjében voltam.

Here, however, my investigation stumbled slightly.

Itt azonban kissé megakadt a nyomozásom.

I inquired in the old sea taverns where the men had lingered.

Érdeklődtem a régi tengeri kocsmákban, hol időztek a férfiak.

But little was known of the strange cult members.

De keveset tudtak a különös szekta tagjairól.

Waterfront scum was far too common for special mention.

A vízparti söpredék túl gyakori volt ahhoz, hogy külön említésre kerüljön.

But there was vague talk about one inland trip these mongrels had made.

De homályos szóbeszéd keringett egy belföldi útról, amit ezek a korcsok tettek.

Faint drumming and red flames were noted on the distant hills.

Halk dobolás és vörös lángok hallatszottak a távoli dombokon.

In Auckland I learned only a little more of Johansen.

Aucklandben csak egy kicsit többet tudtam meg Johansenről.

He had been taken to Sydney for the investigation.

Sydneybe vitték a vizsgálatra.

A perfunctory and inconclusive questioning turned his hair white.

Egy felületes és nem egyértelmű kérdés megőszítette a haját.

Thereafter he sold his cottage in West Street.

Ezután eladta a West Street-i házát.

And he sailed with his wife to his old home in Oslo.

És feleségével hajóval visszahajózott régi otthonába, Oslóba.

His experience had clearly stirred him deeply.

A tapasztalata egyértelműen mélyen megrázta.

But he told his friends no more than he had told the
admiralty officials.
De a barátainak nem mondott többet, mint amennyit az
admiralitás tisztviselőinek.
And all they could do was to give me his Oslo address.
És mindössze annyit tehettek, hogy megadták nekem az oslói
címét.
After that I went to Sydney and talked profitlessly with
seamen.
Ezután Sydneybe mentem, és hiába beszélgettem
tengerészekkel.
Members of the vice-admiralty court could not enlighten me
either.
Az altengernagyi bíróság tagjai sem tudtak felvilágosítani.
I tracked the Alert down to Circular Quay in Sydney Cove.
A riasztás nyomát egészen a Sydney-öbölben található
Circular Quay-ig követtem.
The ship had been sold and was again in commercial use.
A hajót eladták, és ismét kereskedelmi forgalomba került.
But I could gain no further clues from the ship's cargo.
De a hajó rakományából nem sikerült további nyomokat
kinyernem.
The image was preserved in the Museum at Hyde Park.
A képet a Hyde Park-i Múzeumban őrizték.
The cuttlefish head, dragon body, and scaly wings.
A tintahal feje, a sárkány teste és a pikkelyes szárnyak.
The monster crouching atop the hieroglyphed pedestal.
A szörnyeteg kuporgott a hieroglifákkal díszített talapzaton.
I studied every detail of the idol long and well.
Hosszasan és alaposan tanulmányoztam a bálvány minden
részletét.
The relic was a thing of balefully exquisite workmanship.
Az ereklye baljóslatúan kiváló kidolgozású volt.
I couldn't help but notice the similarity to Legrasse's smaller
specimen.
Nem tudtam nem észrevenni a hasonlóságot Legrasse kisebb
példányával.

Both idols had the same utter mystery and terrible antiquity.

Mindkét bálvány ugyanolyan teljes titokzatossággal és rettenetes régiséggel bírt.

And both idols had the same unearthly strangeness of material.

És mindkét bálvány anyaga ugyanolyan földöntúli furcsaság volt.

Geologists, the curator told me, had found it a monstrous puzzle.

A geológusok, mondta a kurátor, szörnyű rejtélynek találták.

They insisted that the world held no rock like this one.

Azt állították, hogy a világon nincs ehhez hasonló szikla.

Then I thought with a shudder of what old Castro had told Legrasse.

Aztán borzongva gondoltam arra, amit az öreg Castro mondott Legrasse-nak .

The tale of the primal great ones, sunken under the sea.

Az ősi nagyok története, akik a tenger alá süllyedtek.

"They had come from the stars."

„A csillagokból jöttek."

"They had brought their images with them."

„Magukkal hozták a képeiket."

I was shaken with a mental revolution as I had never before known.

Olyan mentális forradalom rázott meg, amilyet még soha nem tapasztaltam.

I was now completely resolved to visit Mate Johansen in Oslo.

Most már teljesen elhatároztam, hogy meglátogatom Mate Johansent Oslóban.

Sailing for London, I re-embarked at once for the Norwegian capital.

Londonba vitorlázva azonnal újra hajóra szálltam a norvég fővárosba.

And one autumn day I landed at the wharves.

És egy őszi napon kikötöttem a rakparton.

Johansen's hometown was in the shadow of the Egeberg.

Johansen szülővárosa az Egeberg árnyékában feküdt.

I discovered he lived in the Old Town of King Harold Haardrada.

Felfedeztem, hogy Harold Haardrada király óvárosában lakik.

For centuries the greater city had masqueraded as "Christiania".

A nagyobb város évszázadokon át "Kereszténység" néven álcázta magát.

King Harald Hardrada kept alive the name of Oslo.

Harald Hardrada király életben tartotta Oslo nevét.

I made the brief trip to his residences by taxicab.

Taxival tettem meg a rövid utat a lakhelyéhez.

A neat and ancient building with plastered front.

Egy takaros és régi épület vakolt homlokzattal.

And I knocked with palpitant heart at the door.

És hevesen dobogó szívvel kopogtam az ajtón.

A sad-faced woman in black answered my summons.

Egy szomorú arcú, fekete ruhás nő válaszolt a hívásomra.

I was stung with disappointment at the sight.

Csalódás töltött el a látványtól.

She told me in halting English that Gustaf Johansen was no more.

Akadozó angolsággal közölte velem, hogy Gustaf Johansen nincs többé.

He had not long survived his return, said his wife.

Nem sokáig élte túl a visszatérését – mondta a felesége.

The doings at sea in 1925 had broken him.

Az 1925-ös tengeri események megtörték.

He had told her no more than he had told the public.

Nem mondott neki többet, mint a nyilvánosságnak.

But he had left a long manuscript of "technical matters".

De egy hosszú kéziratot hagyott hátra „technikai kérdésekről".

These notes of the voyage had been written in English.

Ezeket az utazási jegyzeteket angolul írták.
Evidently in order to safeguard her from the peril of casual perusal.
Nyilvánvalóan azért, hogy megvédje őt a véletlenszerű átnézés veszélyétől.
He had gone for a walk through a narrow lane near the Gothenburg dock.
Sétálni ment egy keskeny utcán a göteborgi kikötő közelében.
A bundle of papers falling from an attic window had knocked him down.
Egy padlásablakból kieső papírköteg lökte le.
Two Lascar sailors at once helped him to his feet.
Két laszkári matróz azonnal talpra segítette.
But before the ambulance could reach him he was dead.
De mielőtt a mentő odaérhetett volna, már halott volt.
The physicians found no adequate cause for his death.
Az orvosok nem találtak megfelelő okot a halálára.
They mostly attributed his death to heart trouble.
Halálát többnyire szívproblémáknak tulajdonították.
But they added his weakened constitution most likely contributed.
De hozzátették, hogy valószínűleg a legyengült alkata is hozzájárult ehhez.
I now felt a deep gnawing at my vitals.
Most mély rágást éreztem a belső szerveimben.
A dark terror which will never leave me till I, too, am at rest.
Sötét rémület, mely addig nem hagy el, amíg én sem nyugszom.
Whether my death will come "accidentally" or not I can't tell.
Hogy a halálom „véletlenül" fog-e bekövetkezni vagy sem, azt nem tudom megmondani.
I spoke to the widow about her husband's work.
Beszéltem az özveggyel a férje munkájáról.
And I persuaded her I had a "technical" connection to him.
És meggyőztem, hogy „technikai" kapcsolatban állok vele.
So she felt I was sufficiently entitled to the manuscript.
Így hát úgy érezte, hogy kellően jogosult vagyok a kéziratra.

And so I attained the dead man's writing.

És így jutottam el a halott ember írásához.

I began to read the documents on the boat to London.

Elkezdtem olvasni a dokumentumokat a londoni hajón.

They were little more than simple, rambling notes.

Nem voltak többek egyszerű, kusza jegyzeteknél.

A naive sailor's effort at a post-facto diary.

Egy naiv tengerész próbálkozása egy utólagos napló megírásával.

He strove to recall that last awful voyage day by day.

Napról napra igyekezett felidézni azt az utolsó szörnyű utazást.

I cannot attempt to transcribe his notes verbatim.

Nem próbálhatom meg szó szerint leírni a jegyzeteit.

The manuscript is clouded with vagueness and redundance.

A kéziratot homály és felesleges dolgok homályosítják.

But I will tell the gist of what he wrote.

De elmondom a lényeget annak, amit írt.

Perhaps then you will understand why I stuffed my ears with cotton.

Talán akkor megérted, miért tömtem ki a fülemet vattával.

The sound of the water against the vessel's sides became unendurable.

A hajó oldalán csapódó víz hangja elviselhetetlenné vált.

***

Johansen, thank God, did not quite know what he had seen.

Johansen, hála Istennek, nem egészen tudta, mit látott.

But it is evident he had seen the city and the Thing.

De nyilvánvaló, hogy látta a várost és a Dolgot.

I shall never sleep calmly again when I think of the horrors.

Soha többé nem fogok nyugodtan aludni, ha a borzalmakra gondolok.

The horrors that lurk ceaselessly behind life in time and space.

A borzalmak, amelyek szüntelenül leselkednek az élet mögött
időben és térben.
Those unhallowed blasphemies that come from elder stars.
Azok a szentségtelen káromlások, melyek az idősebb
csillagoktól származnak.
Dreamers beneath the sea known only by a nightmare cult.
Álmodozók a tenger alatt, akiket csak egy rémálom-kultusz
ismer.
**A cult ready and eager to release these monsters into the
world.**
Egy szekta, amely készen áll és alig várja, hogy szabadon
engedje ezeket a szörnyeket a világba.
**Whenever another earthquake raises their monstrous stone
city again.**
Valahányszor egy újabb földrengés ismét felemeli szörnyű
kővárosukat.
When Cthulhu is under the light of the sun once more.
Amikor Cthulhu ismét a nap fénye alá kerül.
**Johansen's voyage had begun just as he told it to the vice-
admiralty.**
Johansen útja éppen akkor kezdődött, amikor elmesélte az
altengernagynak.
**The Emma, in ballast, had cleared Auckland on February
20th.**
Az Emma ballasztban február 20-án elhagyta Aucklandet.
**The ship had felt the full force of that earthquake-born
tempest.**
A hajó teljes erejét megérezte a földrengés szülte viharnak.
The horrors from the sea-bottom that filled men's dreams.
A tengerfenék borzalmai, melyek betöltötték a férfiak álmait.
**Once under control again the ship was making good
progress.**
Miután ismét uralmuk alá került, a hajó jó úton haladt.
But then the ship was held up by the Alert on March 22nd.
De aztán a hajót március 22-én feltartóztatta az Alert.
**I could feel the mate's regret as he wrote of her
bombardment and sinking.**

Éreztem a tiszt megbánását, miközben a bombázásról és az elsüllyedésről írt.

Of the swarthy cult-fiends on the other boat he speaks with horror.

A másik hajón lévő sötét bőrű szekta-ördögökről rémülettel beszél.

There was some peculiarly abominable quality about them.

Volt bennük valami különösen visszataszító tulajdonság.

Something made their destruction seem almost a duty.

Valami miatt a megsemmisítésük szinte kötelességnek tűnt.

This point was brought up during the proceedings of the court of inquiry.

Ez a szempont a bírósági tárgyalás során felmerült.

Johansen shows ingenuous wonder at the accusation of ruthlessness.

Johansen ártatlan csodálatot mutat a könyörtelenség vádján.

Curiosity is what drove the men on in their captured yacht.

A kíváncsiság hajtotta a férfiakat az elfogott jachtjukon.

Sticking out of the sea the men sighted a great stone pillar.

A tengerből kiállva a férfiak egy hatalmas kőoszlopot pillantottak meg.

In South Latitude 47° 9', West Longitude 126° 43' they come upon a coastline.

A 47° 9' déli szélesség és a 126° 43' nyugati hosszúság alatt partvonalra érnek.

The coastline was of mingled mud, ooze, and weedy Cyclopean masonry.

A partvonalat kevert sár, iszap és gyomos ciklopszi kőzet alkotta.

Nothing less than the tangible substance of earth's supreme terror.

Nem kevesebb, mint a föld legfőbb terrorjának kézzelfogható lényege.

They had come across the nightmare corpse-city of R'lyeh.

Rátaláltak R'lyeh rémálomszerű holttestvárosára .

A city built in measureless eons behind history.

Egy város, melyet mérhetetlen évmilliók alatt, a történelem mögött épitettek.

Monuments to vast loathsome shapes that seeped down from the dark stars.

Hatalmas, förtelmes alakok emlékművei, amelyek a sötét csillagokból szivárogtak alá.

There lay great Cthulhu and his hordes for incalculable cycles.

Ott feküdt a hatalmas Cthulhu és hordái kiszámíthatatlan ciklusokon át.

Hidden in green slimy vaults, they sent out their thoughts.

Zöld, nyálkás boltozatokban rejtőzve küldték szét gondolataikat.

The thoughts that spread fear to the dreams of the sensitive.

A gondolatok, amelyek félelmet keltenek az érzékenyek álmaiban.

The thoughts that called imperiously to the faithful.

A gondolatok, melyek parancsolóan szólították a híveket.

"Come on a pilgrimage of liberation and restoration."

"Gyere el a felszabadulás és a helyreállítás zarándoklatára!"

All this horror Johansen had no way of suspecting.

Johansennek fogalma sem volt erről a szörnyűségről.

But God knows he had soon seen enough!

De Isten a tanúja, hogy hamarosan eleget látott!

I suppose what they saw was only a single mountain-top.

Gondolom, csak egyetlen hegycsúcsot láttak.

Soon the rest of the city emerged from the waters.

Hamarosan a város többi része is kiemelkedett a vízből.

The hideous monolith-crowned citadel where great Cthulhu was buried.

A förtelmes, monolitokkal koronázott fellegvár, ahol a nagy Cthulhut temették el.

I shudder to think of all that may be brooding down there.

Borzongok, ha arra gondolok, mi minden sürög-foroghat odalent.

And I almost wish to kill myself to stop these thoughts.

És majdnem öngyilkos akarok lenni, hogy megszabaduljak ezéktől a gondolatoktól.

***

Johansen and his men were awed by the cosmic majesty.
Johansent és embereit lenyűgözte a kozmikus fenség.
They beheld the sight of this dripping Babylon of elder demons.
Látták az öreg démonoktól csöpögő Babilont.
They must have guessed without guidance what it was they saw.
Bizonyára mindenféle útmutatás nélkül kitalálták, mit láttak.
What they saw was nothing of this or of any sane planet.
Amit láttak, semmi sem volt erről vagy bármely épeszű bolygóról.
The unbelievable size of the greenish stone blocks.
A zöldes kőtömbök hihetetlen mérete.
The dizzying height of the great carven monolith.
A hatalmas, faragott monolit szédítő magassága.
And then there was the bas-reliefs found on the captured ship.
És akkor ott voltak a foglyul ejtett hajón talált domborművek.
The colossal statues mirrored the scene on the carvings.
A kolosszális szobrok tükrözték a faragások jelenetét.
Johansen achieved something very close to futurism.
Johansen valami nagyon hasonlót alkotott a futurizmushoz.
Because he did not describe any definite structure or building.
Mert nem írt le semmilyen konkrét építményt vagy épületet.
He dwelled on the broad impressions of vast angles and stone surfaces.
A hatalmas szögek és kőfelületek széles látókörű benyomásain időzött.
Surfaces too great to belong to anything right or proper for this earth.

Túl nagy felületek ahhoz, hogy bármi helyes vagy helyénvaló dologhoz tartozzanak ezen a földön.

Surfaces impious with horrible images and hieroglyphs.

Istentelen felületek, szörnyű képekkel és hieroglifákkal.

There is a reason I mention his talk about angles.

Van ok arra, hogy megemlítem a szögekről szóló beszédét.

It reminds me of something Wilcox had told me of his awful dreams.

Eszembe juttat valamit, amit Wilcox mesélt a szörnyű álmairól.

He had said that the geometry of the dream-place he saw was abnormal.

Azt mondta, hogy az álomban látott hely geometriája rendellenes.

Non-Euclidean spheres unlike anything here on earth.

Nem-euklideszi gömbök, amelyekhez foghatót nem találni itt a Földön.

Loathsomely redolent dimensions completely unlike ours.

Undorítóan bűzös méretek, amelyek teljesen különböznek a mieinktől.

Now a seaman was describing the exact same thing.

Most egy tengerész pontosan ugyanezt írta le.

They bad both had the same terrible glimpse of this reality.

Mindketten ugyanazt a szörnyű bepillantást nyerhették ebbe a valóságba.

Johansen and his men landed at a sloping mud-bank.

Johansen és emberei egy lejtős iszapparton partra szálltak.

And they looked up at this monstrous Acropolis.

És felnéztek erre a szörnyű Akropoliszra.

They clambered slippery up over titan oozy blocks.

Csúszósan másztak fel titáni, iszapos blokkokon.

Blocks which could have been no mortal staircase.

Tömbök, amelyek nem lehettek volna halandó lépcsők.

The very sun of heaven seemed distorted in this mist.

Maga a menny napja is eltorzultnak tűnt ebben a ködben.

A polarizing miasma welling out from this sea-soaked perversion.

Egy megosztó miazma bugyog elő ebből a tenger áztatta
perverzióból.
Twisted menace and suspense lurked in those elusive rocks.
Csavart fenyegetés és feszültség lappangott azokban a
megfoghatatlan sziklákban.
**A second glance showed concavity where the first showed
convexity.**
A második pillantás konkávitást mutatott, ahol az első
konvexet.
Something very like fright had come over all the explorers.
Valami nagyon rémülethez hasonló dolog lett úrrá a
felfedezőkön.
**Each man would have fled had he not feared the scorn of the
others.**
Mindegyik ember elmenekült volna, ha nem fél a többiek
megvetésétől.
And it was only half-heartedly that they vainly searched.
És csak félszívvel kerestek hiába.
They were looking for some portable souvenir to bear away.
Valami hordozható emléktárgyat kerestek, amit elvihetnek
magukkal.
**It was Rodriguez, the Portuguese, who climbed up the foot
of the monolith.**
Rodriguez volt az, a portugál, aki felmászott a monolit lábára.
From there he shouted of what he had found.
Onnan kiabálta be, mit talált.
The rest followed him to the foot of the monolith.
A többiek követték őt a monolit lábához.
They looked curiously at the immense door in front of them.
Kíváncsian nézték a előttük álló hatalmas ajtót.
The now familiar squid-dragon was carved on the door.
A most már ismerős tintahal-sárkány volt az ajtóra vésve.
It was, Johansen said, like a great barn-door.
Olyan volt, mondta Johansen, mint egy hatalmas pajtaajtó.
Although they said it only gave the impression of a door.
Bár azt mondták, hogy csak egy ajtó benyomását keltette.
They could not decide if the door lay flat like a trap-door.

Nem tudták eldönteni, hogy az ajtó laposan fekszik-e, mint egy csapóajtó.

Or maybe the opening was slanted like an outside cellar-door.

Vagy talán a nyílás ferde volt, mint egy külső pinceajtó.

As Wilcox would have said, the geometry of the place was all wrong.

Ahogy Wilcox mondta volna, a hely geometriája teljesen hibás volt.

One could not be sure that the sea and the ground were horizontal.

Nem lehetett biztos benne, hogy a tenger és a talaj vízszintes.

Hence the relative position of everything else seemed phantasmally variable.

Ezért minden más relatív helyzete fantasztikusan változónak tűnt.

Briden pushed at the stone in several places, without result.

Briden több helyen is meglökte a követ, de eredménytelenül.

Then Donovan felt delicately over around the edge of the door.

Aztán Donovan finoman kitapogatta az ajtó peremét.

He climbed interminably along the grotesque stone molding.

Végtelenül mászott felfelé a groteszk kőpárkányon.

Although, if you could really call it climbing is debatable.

Bár hogy ezt tényleg mászásnak lehet-e nevezni, az vitatható.

Perhaps the door was more horizontal than vertical.

Talán az ajtó inkább vízszintes volt, mint függőleges.

And the men wondered how any door in the universe could be so vast.

És a férfiak azon tűnődtek, hogy lehet egy ajtó a világegyetemben ilyen hatalmas.

Then, very softly and slowly, something began to happen.

Aztán, nagyon halkan és lassan, valami történni kezdett.

The acre-great panel began to give inward at the top.

A holdas panel tetején befelé kezdett hajolni.

And they saw that the door had balanced itself.

És látták, hogy az ajtó egyensúlyba került.

***

Donovan somehow propelled himself back along the jamb.
Donovan valahogy visszajutott az ajtófélfán.
And everyone watched the queer recession of the monstrously carven portal.
És mindenki a szörnyűségesen faragott portál furcsa mélyedését figyelte.
In this fantasy of prismatic distortion it moved anomalously in a diagonal way.
Ebben a prizmás torzításról szóló fantáziavilágban anomálisan átlósan mozgott.
All the rules of matter and perspective seemed confused.
Az anyag és a perspektíva minden szabálya összekeveredettnek tűnt.
The aperture was black with a darkness almost material.
A nyílás fekete volt, szinte anyagi sötétséggel.
That tenebrousness was indeed a positive quality.
Ez a sötétség valóban pozitív tulajdonság volt.
The men were spared from seeing the inner walls.
A férfiaknak nem volt joguk látni a belső falakat.
The darkness burst forth like smoke from its eon-long imprisonment.
A sötétség füstként tört elő évezredek óta tartó fogságából.
The sun was visibly darkened by flapping membranous wings.
A napot láthatóan elsötétítették a csapkodó hártyás szárnyak.
And the shadow slunk away into the shrunken and gibbous sky.
És az árnyék eltűnt az összezsugorodott, domborodó égbolton.
The odor arising from the newly opened depths was intolerable.
Az újonnan megnyílt mélységekből áradó szag elviselhetetlen volt.

The quick-eared Hawkins thought he heard a nasty, slopping sound.

A gyors fülű Hawkins azt hitte, valami undorító, loccsanó hangot hall.

His ears were confirmed when It lumbered slobberingly into sight.

Fülét megerősítette, amikor az nyáladzón vánszorgott a látóterébe.

Its gelatinous green immensity groped through the black hall.

Zselatinszerű zöld végtelensége végigtapogatta a fekete csarnokot.

And Its ooze and smell squeezed through the angled door.

És a váladéka és a szaga bepréselte magát a ferde ajtón.

The Thing went into the tainted air of that poison city of madness.

A Dolog a mérgezett őrületváros fertőzött levegőjébe került.

Poor Johansen's handwriting almost gave out when he wrote of this.

Szegény Johansen kézírása majdnem elkopott, amikor erről írt.

He thinks two men perished of pure fright in that accursed instant.

Azt hiszi, két ember puszta rémülettől halt meg abban az átkozott pillanatban.

The Thing cannot be described with our language.

A Dolgot nem lehet leírni a mi nyelvünkkel.

There are no words for such abysms of shrieking and immemorial lunacy.

Nincsenek szavak az ilyen sikolyok és az emlékezet nélküli őrület mélységeire.

Eldritch contradictions of all matter, force, and cosmic order.

Az anyag, az erő és a kozmikus rend elképesztő ellentmondásai.

A mountain that walked and stumbled on the earth. God!

Egy hegy, mely járt és botladozott a földön. Istenem!

No wonder that across the earth a great architect went mad.

Nem csoda, hogy szerte a földön egy nagy építész megőrült.

No wonder poor Wilcox raved with fever in that telepathic instant.

Nem csoda, hogy szegény Wilcox abban a telepatikus pillanatban lázasan őrjöngött.

The green, sticky spawn of the stars, was walking the earth.

A csillagok zöld, ragacsos ivadékai járták a földet.

The Thing of the idols had awaked to claim his own.

A bálványok Lénye felébredt, hogy követelje az övéit.

The stars were aligned again, as was predicted.

A csillagok ismét egy vonalban álltak, ahogy azt előre jelezték.

An age-old cult had failed in their duties.

Egy ősi szekta kudarcot vallott a kötelességeiben.

And a band of innocent sailors fulfilled their role by accident.

És egy csapat ártatlan tengerész véletlenül betöltötte a szerepét.

After vigintillions of years great Cthulhu was loose again.

Millió év után a nagy Cthulhu ismét szabadon engedték.

And now great Cthulhu was ravening for delight.

És most a nagy Cthulhu mámoros volt a gyönyörűségtől.

Three men were swept up by the flabby claws before anybody turned.

Mielőtt bárki megfordulhatott volna, három férfit sújtottak le a petyhüdt karmok.

God rest them, if there be any rest in the universe.

Isten nyugosztalja őket, ha egyáltalán van nyugalom a világegyetemben.

Let it be known that their names were Donovan, Guerrera and Angstrom.

Legyen köztudott, hogy a nevük Donovan, Guerrera és Angstrom volt.

Parker slipped as he was trying to make his escape.

Parker megcsúszott, miközben megpróbált elmenekülni.

The other three were plunging frenziedly back to the boat.

A másik három őrült tempóban zuhant vissza a csónakhoz.

They ran over endless vistas of green-crusted rock.

Végtelen, zöld kérgű sziklás látképeken futottak át.

Johansen swears he was swallowed up by an angle of masonry.

Johansen esküszik rá, hogy egy kőművesmunka szeglete nyelte el.

An angle which shouldn't have been there.

Egy szög, aminek nem lett volna szabad ott lennie.

An angle which was acute, but behaved as if it were obtuse.

Egy hegyesszög, amely mégis tompaszögként viselkedett.

Only Briden and Johansen made it back to the boat.

Csak Briden és Johansen ért vissza a hajóhoz.

The two men had a moment of good fortune.

A két férfinak egy pillanatnyi szerencséje volt.

The mountainous monstrosity flopped down on the slimy stones.

A hegyvidéki szörnyeteg a nyálkás kövekre zuhant.

And the beast hesitated floundering at the edge of the water.

És a fenevad habozott, vergődött a víz szélén.

The steam boat had not entirely run out of hot coals.

A gőzhajó nem fogyott ki teljesen a forró parazsból.

Despite the departure of all men for the shore.

Annak ellenére, hogy minden férfi a partra indult.

Feverishly the two men rushed up and down between wheels.

A két férfi lázasan rohangált fel-alá a kerekek között.

It was the work of only a few moments to get the engine going.

Csupán néhány pillanat munkája volt beindítani a motort.

Amidst the distorted horrors of that indescribable scene.

A leírhatatlan jelenet eltorzított borzalmai közepette.

Slowly their boat began to churn the lethal waters beneath her.

Csónakjuk lassan kavarni kezdte alatta a halálos vizet.

And they moved along the masonry of that charnel shore.

És végighaladtak a temető partjának kőművesmunkái mentén.

That strange coastline that was not from this world.

Az a különös partvonal, ami nem e világból származott.

***

The titan Thing from the stars slavered and gibbered.

A csillagokból jött titáni Lény hablatyolt és zagyvált.

Like Polypheme cursing the fleeing ship of Odysseus.

Mint Polüphém, aki Odüsszeusz menekülő hajóját átkozza.

Then great Cthulhu slid greasily into the water.

Aztán a hatalmas Cthulhu zsírosan csúszott a vízbe.

Bolder and more daring than the storied Cyclops.

Merészebb és vakmerőbb, mint a legendás Küklopsz.

Cthulhu pursued them through the water with cosmic movement.

Cthulhu kozmikus mozgással üldözte őket a vízen keresztül.

Briden looked back from the ship and started laughing shrilly.

Briden hátranézett a hajóról, és hangosan nevetni kezdett.

From that moment Briden continued laughing at odd intervals.

Attól a pillanattól kezdve Briden csak nevetgélt, néha-néha.

But Johansen had not given up yet.

Johansen azonban még nem adta fel.

He knew his ship had no chance of outpacing the thing.

Tudta, hogy a hajójának esélye sincs megelőzni a dolgot.

So he resolved on taking a desperate chance.

Így hát elhatározta, hogy kétségbeesetten kockáztat.

He loaded the furnace and set the engine for full speed.

Megrakta a kemencét, és teljes sebességre állította a motort.

And then he ran lightning-like on deck and reversed the wheel.

Aztán villámgyorsan felrohant a fedélzetre, és megfordította a kormánykereket.

There was a mighty eddying and foaming in the noisome brine.

Hatalmas örvény és habzás volt a kellemetlen sós lében.

The steam mounted higher and higher into the sky.

A gőz egyre magasabbra szállt az ég felé.

And the brave Norwegian reversed the course of the chase.

A bátor norvég pedig megfordította az üldözés menetét.
Before him rose the unclean froth like the stern of a demon galleon.
Előtte úgy emelkedett a tisztátalan hab, mint egy démongalleon tatja.
He drove his vessel head on against the pursuing jelly.
Hajójával frontálisan nekiment az üldöző zselének.
The awful squid-head came nearly up to the yacht's bowsprit.
A szörnyű tintahalfej majdnem elérte a jacht orrárbocát.
But Johansen drove on relentlessly against the writhing feelers.
Johansen azonban könyörtelenül továbbhajtott a vonagló tapogatókkal szemben.
There was a bursting as of an exploding bladder.
Olyan robaj hallatszott, mintha egy felrobbanó hólyag robbanna fel.
There was a slushy nastiness as of a cloven sunfish.
Olyan kása volt a levegő, mint egy hasított naphal.
There was a stench as of a thousand opened graves.
Olyan szag terjengett, mint ezernyi megnyílt sír szaga.
And there was a sound the chronicler did not put on paper.
És volt egy hang, amit a krónikás nem vetett papírra.
For an instant the ship was befouled by an acrid cloud.
Egy pillanatra csípős felhő borította be a hajót.
The green cloud blinded Johansen and the mad man.
A zöld felhő elvakította Johansent és az őrültet.
And then there was only a venomous seething astern.
És aztán csak egy mérges, forrongó morajlás hallatszott hátulról.
But God in heaven! What the two men saw next;
De Isten a mennyben! Amit ezután látott a két férfi;
The scattered plasticity of that nameless sky-spawn.
Annak a névtelen égi ivadéknak a szétszórt plaszticitása.
The injured thing was nebulously recombining.
A sérült valami homályosan újra összeállt.
Soon Cthulhu would be back in its hateful original form.

Cthulhu hamarosan visszatér eredeti, gyűlöletes formájában.
But their distance was widening with every second.
De a távolságuk minden másodperccel nőtt.
The ship was gaining impetus from its mounting steam.
A hajó lendületet vett a növekvő gőztől.
And eventually the cursed city was over the horizon.
És végül az elátkozott város a horizonton volt.

***

He did not try to navigate after their lucky escape.
Szerencsés megmenekülésük után nem próbált meg
tájékozódni.
His reaction had taken something out of his soul.
A reakciója kivett valamit a lelkéből.
He spent his time brooding over the idol in the cabin.
Idejét a kabinban álló bálvány felett merengetve töltötte.
He looked after the laughing maniac in the boat.
A csónakban lévő nevető őrült után nézett.
And he attended to a few matters such as food.
És néhány dologgal foglalkozott, például az étkezéssel.
Then came the storm of April 2nd.
Aztán jött az április 2-i vihar.
On that day clouds gathered over his consciousness.
Azon a napon felhők gyülekeztek a tudata felett.
There is a sense of pure and refined delirium.
Tiszta és kifinomult delírium érzése uralkodik.
Spectral whirling through liquid gulfs of infinity.
Spektrális örvénylés a végtelen folyékony öbleiben.
Dizzying rides through reeling universes on a comet's tail.
Szédítő száguldások kavargó univerzumokon keresztül egy
üstökös farkán.
Hysterical plunges from the pit to the moon.
Hisztérikus zuhanások a gödörből a Holdra.
And he plunged back again from the moon to the pit.
És ismét visszaugrott a holdról a gödörbe.
A cachinnating chorus of the distorted, hilarious elder gods.

A torz, vicces idősebb istenek kachináló kórusa.

And the green bat-winged mocking imps of Tartarus.

És a Tartarosz zöld denevérszárnyú gúnyos koboldjai.

Out of that dream came rescue; the ship Vigilant.

Ebből az álomból jött a megmentés; a Vigilant hajó.

The vice-admiralty court and the streets of Dunedin.

Az altengernagyi udvar és Dunedin utcái.

The long voyage back home to the old house by the Egeberg.

A hosszú hazaút az Egeberg melletti régi házba.

He could not tell anyone of what he had seen.

Senkinek sem mondhatta el, amit látott.

Had he told the truth they would have thought he had gone mad.

Ha elmondta volna az igazat, azt hinnék, hogy megőrült.

So he secretly wrote of what he knew before death came.

Így titokban leírta, amit a halál előtt tudott.

"Death would be a boon if only it could blot out the memories."

„A halál áldás lenne, ha eltörölhetné az emlékeket."

That was the document Johansen left behind.

Ez volt az a dokumentum, amit Johansen hagyott hátra.

And now I have placed this document in the tin box.

És most elhelyeztem ezt a dokumentumot a fémdobozban.

In the box is also the dream carved bas-relief.

A dobozban található az álomból faragott dombormű is.

And I have included the papers of Professor Angell.

És mellékeltem Angell professzor írásait is.

With this box shall go this record of mine.

Ezzel a dobozzal együtt kerül ez a feljegyzésem is.

These notes have become a test of my own sanity.

Ezek a jegyzetek a saját józan eszem próbájává váltak.

But I hope my discoveries are never be pieced together again.

De remélem, hogy a felfedezéseimet soha többé nem kell összerakni.

I have looked upon all that the universe has to hold of horror.

Láttam mindazt a borzalmat, amit a világegyetem tartogat.

But now even the skies of spring are darkness to me.

De most még a tavaszi ég is sötétség számomra.

Even the flowers of summer are forever poison to me.

Még a nyári virágok is örök méreg számomra.

But I do not think my life will be long.

De nem hiszem, hogy hosszú életem lesz.

As my uncle went, so shall my end come.

Ahogy a nagybátyám elment, úgy jön el az én végem is.

As poor Johansen went, so shall my time come.

Ahogy szegény Johansen elment, úgy jön el az én időm is.

I know too much, and the cult still lives.

Túl sokat tudok, és a szekta még mindig él.

Cthulhu still lives, too, I can only suppose.

Cthulhu is él még mindig, csak feltételezni tudom.

I assume Cthulhu is again in that chasm of stone.

Feltételezem, hogy Cthulhu megint abban a kőszakadékban van.

The city which has shielded him since the sun was young.

A város, amely a nap fiatalsága óta védte őt.

I know his accursed city is sunken once more.

Tudom, hogy átkozott városa ismét elsüllyedt.

The crew of the Vigilant sailed over the spot after the April storm.

A Vigilant legénysége az áprilisi vihar után áthajózott a helyszín felett.

But his ministers on earth still worship his return.

De földi szolgái továbbra is imádják visszatérését.

In lonely places they congregate around their idol.

Magányos helyeken gyűlnek össze bálványuk körül.

And they bellow and prance and slay in satanic ritual.

És üvöltenek, tántorognak és ölnek sátáni rituálékban.

He must have been trapped by the sinking of his black abyss.

Bizonyára csapdába esett a fekete mélység süllyedése miatt.

Or else the world would by now be screaming with fright and frenzy.

Különben a világ mostanra a félelemtől és a pániktól üvöltene.
Who knows how the end will come about?
Ki tudja, hogyan fog bekövetkezni a vége?
What has risen may sink, and what has sunk may rise.
Ami felemelkedett, elsüllyedhet, és ami elsüllyedt, felemelkedhet.
Loathsomeness waits and dreams in the deep.
Az utálat vár és álmodik a mélyben.
And decay spreads over the tottering cities of men.
És a romlás szétterjed az emberek omladozó városaira.
A time will come where that city rises out the sea again.
Eljön majd az idő, amikor a város ismét kiemelkedik a tengerből.
But I must not think about when that day will come!
De nem szabad azon gondolkodnom, hogy mikor jön el az a nap!
I have one prayer if this manuscript outlives me.
Egyetlen imám van, ha ez a kézirat túlél engem.
I pray my executors put caution before audacity.
Imádkozom, hogy végrendeleti végrehajtóim az óvatosságot helyezzék előtérbe a merészség előtt.
I pray this manuscript meets no other eyes.
Imádkozom, hogy ez a kézirat senki más szemébe ne kerüljön.

***

Found among the papers of the late Francis Wayland Thurston, of Boston.
A bostoni Francis Wayland Thurston iratai között találták.